大唐狄公探案全译
高罗佩绣像本

大唐狄公探案全译·高罗佩绣像本

黄禄善 / 主编

# 红阁子奇案

THE RED PAVILION

〔荷兰〕

高罗佩 / 著
By Robert Van Gulik

梁甦　王仁芳 / 译

山西出版传媒集团　北岳文艺出版社
BEIYUE LITERATURE & ART PUBLISHING HOUSE
- 太原 -

**图书在版编目（CIP）数据**

红阁子奇案 ／（荷）高罗佩著；梁甦，王仁芳译 . — 太原：
北岳文艺出版社，2018.1(2018.9 重印 )

（大唐狄公探案全译：高罗佩绣像本 ／ 黄禄善主编）

ISBN 978-7-5378-5471-9

Ⅰ . ①红… Ⅱ . ①高… ②梁… ③王… Ⅲ . ①侦探小说—荷
兰—现代 Ⅳ . ① I563.45

中国版本图书馆 CIP 数据核字 (2017) 第 299826 号

书名：红阁子奇案　　　　策　　划：续小强　　　　责任编辑：谢放

著者：〔荷〕高罗佩　　　项目统筹：贾晋仁　　　　书籍设计：张永文

译者：梁甦　王仁芳　　　　　　　　　庞咏平　　　　印装监制：巩璠

出版发行：山西出版传媒集团·北岳文艺出版社

地址：山西省太原市并州南路 57 号　邮编：030012

电话：0351-5628696（发行部）0351-5628688（总编室）　传真：0351-5628680

网址：http：∥ www.bywy.com　　E-mail：bywycbs@163.com

经销商：新华书店　承印者：山西人民印刷有限责任公司

开本：890mm×1240mm　1/32　字数：140 千字

印张：6.625　版次：2018 年 1 月第 1 版　印次：2018 年 9 月山西第 2 次印刷

书号：ISBN.978-7-5378-5471-9

定价：23.80 元

　　《狄公案》是中国众多公案小说之一种，但是，随着高罗佩20世纪40年代对《武则天四大奇案》的译介以及之后"狄公探案小说系列"的成功出版，"狄公"这一形象不仅风靡西方世界，也使中国读者看到"中国古代犯罪小说中蕴含着大量可供发展为侦探小说和神秘故事的原始素材"，认识到"神探狄仁杰"，"虽未有指纹摄影以及其他新学之技，其访案之细、破案之神，却不亚于福尔摩斯也"。在西方对中国总体评价趋于负面的20世纪50年代，"狄公探案小说"不仅满足了普通西方读者了解古代中国社会生活的愿望，也在一定程度上让西方世界重新认识了传统中国，扭转了西方人眼中古代中国"落后""野蛮"的印象。从这个意义上来看，高罗佩对传播中国文化着实做出了很大的贡献，因此学界给予他很高的评价，将其与理雅各、伯希和、高本汉、李约瑟等知名学者并列为"华风西渐"的代表人士。

　　高罗佩是20世纪最为著名的汉学家之一，其语言天赋惊人，汉学造诣"在现代中国人之中亦属罕有"。高罗佩"狄公探案小说"的背景是久远的初唐社会，但讲述方式却是现代的，中国传统文化被润化在小说的情境中，服饰、器物、绘画、雕塑、建筑等中国元素以及其中所蕴含的中国文化，在不经意间缓缓流动着，构成一幅丰富多彩的中国图画，没有丝毫的隔膜感。小说创作的灵感来源于公案小说，但叙事却完全是西方推理小说的叙事。在整个案件的推演、勘察过程中，读者一直是不自觉地被带入情境中，抽丝剥茧，直到最终找出答案。这种互动式、体验式的交流方式，是高罗佩探案小说的成功之处，也是至今仍为广大读者喜爱的原因之一。

为了让读者能原汁原味地读到高罗佩"狄公探案小说"，体味到高罗佩笔下的中国文化和社会，我社邀请著名西方通俗文学研究大家黄禄善教授组织翻译了这套"大唐狄公探案全译·高罗佩绣像本"，以飨读者。

我社推出的"大唐狄公探案全译·高罗佩绣像本"以忠实原著为原则，译文更贴近于读者的阅读习惯，且完整保留了高罗佩探案小说创作的脉络，力图打造一套完整的"高罗佩探案小说"全译本。

"大唐狄公探案全译·高罗佩绣像本"共计十六册（包括十四部长篇，两部中篇，八部短篇），其中收入了高罗佩手绘的地图及小说插图一百八十余幅。书中的插图仿照的是16世纪版画的风格特点，特别是明代《列女传》中的形象。因此，插图中人物的服饰以及风俗习惯均反映的是明代特征，而非唐代。此外，小说中涉及大量唐代官职、古代地名等信息，虽经译者考证并谨慎给出译名，但仍有存疑之处，敬请方家指正。

愿我们的这些努力，能使这套"大唐狄公探案全译·高罗佩绣像本"成为喜爱高罗佩的读者们所追寻的珍藏版本。

北岳文艺出版社

2018年1月

一

20世纪与21世纪之交，西方通俗文学界一个令人瞩目的现象是历史侦探小说（historical detective fiction）的崛起。当时西方的许多主流媒体，如《纽约时报》《华尔街日报》《泰晤士报》《卫报》等等，连篇累牍地报道这类小说获奖的信息，有关小说的介绍、评论汗牛充栋。这些获奖作品的背景多半设置在一个历史久远的年代，中心情节是破解一个与谋杀有关的谜案，作者大都为历史学、考古学的专业人士，爱好文学创作。譬如保罗·多尔蒂（Paul Doherty, 1946—），当代英国著名历史学家，20世纪80年代末开始历史侦探小说创作，迄今已出版了八十多部以古希腊、古罗马、古埃及和中世纪英格兰为背景的侦探小说，其中《叛逆的幽灵》（*The Treason of the Ghosts*）被《泰晤士报》列为2000年最佳犯罪小说。又如琳达·罗宾逊（Lynda Robinson, 1951—），毕业于得克萨斯大学考古专业，擅长中东史和美国史研究，后在丈夫的鼓励下进行历史侦探小说创作，处女作《死神谋杀案》（*Murder in the Place of Anubis*, 1994）一问世即荣登"纽约时报畅销书排行榜"，接下来的十多本小说也一版再版，畅销不衰。再如加里·科比（Gary Corby, 1963—），澳大利亚历史侦探小说创作新秀，尽管作品数量不算太多，但已是2008年"柯南·道尔奖"得主，2010年问世的《伯里克利政体》（*The Pericles Commission*）又获"内德·凯利奖"（Ned Kelly Award）。凡此种种，正如《出版人周刊》2010年一篇评论所指出的："过去的十年目睹了历史侦探小说的数量和质量的爆炸。以前从未有过如此多的天才作家出版如此多的历史侦探小说，作品涵盖的历史年代和案发地点也从未如此宽泛。"[1]

不过，西方历史侦探小说的诞生并非从这个世纪之交开始。早在1911年，在美国作家梅尔维尔·波斯特（Melville Post, 1869—1930）的短篇小说《上帝的天使》（*The Angel of the Lord*），就出现过一个历史年代的业余侦探"阿布勒大叔"（Uncle Abner）；他生活在古老的弗吉尼亚边疆，是个牧场工人，和蔼、睿智的中年人，依靠圣经的道德标准和美国的法律精神破案。《上帝的天使》很快被扩充为拥有二十六个故事的侦探小说集《阿布勒大叔：破案高手》（*Uncle Abner, Master Mysteries*, 1918）。到了1943年，美国作家利莲·托雷（Lillian de la Torre, 1902—1993）又发表了以历史人物塞缪尔·约翰逊（Samuel Johnson）为侦探主角的短篇小说《英格兰国玺》（*The Great Seal of England*），她同样将该短篇小说扩充为有多个故事的侦探小说集《萨姆博士：约翰逊侦探》（*Dr. Sam: Johnson, Detector*, 1948）。在这之后，西方目睹了历史侦探小说的高速发展。一方面，英国作家阿加莎·克里斯蒂（Agatha Christie, 1890—1976）出版了古埃及背景的长

---

1　Lenny Picker. *Mysteries of History*, Publishers Weekly, March 3, 2010.

篇历史侦探小说《死亡终局》（*Death Comes as the End*, 1944）；另一方面，美国作家约翰·卡尔（John Carr, 1906—1977）又出版了拿破仑战争题材的长篇历史侦探小说《狱中新娘》（*The Bride of Newgate*, 1950）；与此同时，荷兰外交家、汉学家、收藏家、作家高罗佩（Robert van Gulik, 1910—1967）还推出了基于中国公案小说传统的系列历史侦探小说"狄公探案"（*Judge Dee series*）。这些单本的、系列的历史侦探小说的问世，为当代西方历史侦探小说的全面崛起做了有益的铺垫，尤其是"狄公探案"，采用长、中、短三种小说形式，数量多达十六卷，在东、西方均产生了持久的轰动效应，被认为是早期西方历史侦探小说的成功"范例"。[1]

　　"狄公探案"系列历史侦探小说始于1949年高罗佩的一本中国公案小说译作《狄公断案精粹》（*Celebrated Cases of Judge Dee*）。故事的侦探主角狄公（Judge Dee）在中国历史上实有其人。他名叫狄仁杰，生活在唐朝（618—907），一生为官，两次出任宰相，是所谓的青天大老爷。有关他廉洁自律、为民请命、秉公办案的故事很早就在民间流传。到了清朝末年，一位无名氏将这些民间故事整理成长篇公案小说《武则天四大奇案》（亦名《狄公案》或《狄梁公四大奇案》）。高罗佩在中国任外交官期间，对该书产生了浓厚的兴趣。他在进行了详细考据之后，将其中基本符合西方侦探小说传统的前三十回翻译成英文出版。之后，又亲自出马，尝试创作了以狄公为侦探主角的历史侦探小说《迷宫奇案》（*The Chinese Maze Murders*, 1952）。该历史侦探小说出版后，居然是本畅销书。从此，高罗佩一发不可收拾，先后接受芝加哥

---

1　Carl Rollyson. *Critical Survey of Mystery and Detective Fiction*, Revised Edition. Salem Press, INC, printed in USA, 2008, p.1783.

大学出版社及其他图书出版公司的稿约，继续创作了十五卷狄公案历史侦探小说。它们是：《铜钟谜案》（*The Chinese Bell Murders*, 1958）、《黄金谜案》（*The Chinese Gold Murder*, 1959）、《湖滨谜案》（*The Chinese Lake Murders*, 1960）、《铁针谜案》（*The Chinese Nail Murders*, 1961）、《红阁子奇案》（*The Red Pavilion*, 1964）、《朝云观奇案》（*The Haunted Monastery*, 1961）、《御珠奇案》（*The Emperor's Pearl*, 1963）、《漆画屏风奇案》（*The Lacquer Screen*, 1962）、《晨猴·暮虎》（*The Monkey and the Tiger*, 1965）、《柳园图奇案》（*The Willow Pattern*, 1965）、《广州谜案》（*Murder in Canton*, 1966）、《紫云寺奇案》（*The Phantom of the Temple*, 1966）、《太子棺奇案》（*Judge Dee at Work*, 1967）、《项链·葫芦》（*Necklace and Calabash*, 1967）、《黑狐奇案》（*Poets and Murder*, 1968）。这些"奇案""谜案"也全是畅销书，不断再版、重印，直至2014年，还有麦克法兰图书出版公司（McFarland）的新版本出现。

与此同时，"狄公探案"系列小说的影响又渐渐从美国、英国、加拿大、澳大利亚、新西兰延伸到法国、德国、西班牙、荷兰、瑞典、芬兰、日本和中国。1982年，甘肃人民出版社率先在中国推出了陈来元、胡明翻译的《四漆屏》（*The Lacquer Screen*）。紧接着，中原农民出版社、北方妇女儿童出版社、北岳文艺出版社、中国电影出版社、海南出版社、贵州大学出版社也各自推出了这样那样的狄公案全译本和节译本。各种各样的续集、改写本也不断涌现。"狄公探案"被多次搬上银幕，仅在中国大陆，就有电影《血溅画屏》（1986）、《恐怖夜》（1988）、《奇屏谜案》（2009），电视连续剧《狄仁杰断案传奇》（64集，1986）、《神探狄仁杰Ⅰ》（30集，2004）、《神探狄仁杰

Ⅱ》（40集，2006）、《神探狄仁杰Ⅲ》（48集，2008）、《神探狄仁杰Ⅳ》（50集，2013）。

二

作为早期西方历史侦探小说创作的一个成功范例，"狄公探案"小说系列展示了这一小说类型的诸多特征。首先，它是侦探小说，遵循侦探小说之父爱伦·坡（Allan Poe, 1809—1849）的"破案解谜六步曲"，亦即介绍侦探、展示犯罪线索、调查案情、公布调查结果、解释案情发生的原因和经过、罪犯的服输和认罪。其次，它又是历史小说，涵盖了历史小说之父沃尔特·司各特（Walter Scott, 1771—1832）所创立的大部分市场要素，如异国情调、哥特式气氛、英雄主义、骑士精神等等。而且，其作者本人，也像上面提到的许多当代历史侦探小说的作者一样，是个精通历史学、考古学的专业人士，只不过专业研究的对象，并非众人趋之若鹜的古希腊、古罗马或中世纪欧洲文明，而是当时并不被看好且有点冷僻的东方语言文化。

高罗佩，原名罗伯特·范·古利克，1910年8月9日生于荷兰聚特芬（Zutphen）。父亲是个医生，曾先后两次在荷属东印度（Netherland East Indies, 今印度尼西亚）服役。自小，高罗佩随父母侨居在殖民地，在当地学习汉语、爪哇语和马来语，由此对亚洲文化，尤其是中国文化产生了浓厚的兴趣。1923年，父亲退役后，高罗佩随全家回到荷兰，定居在奈梅亨（Nijmegen）。1929年，高罗佩从奈梅亨市立中学毕业，入读莱顿大学，主修东方殖民法律和（荷属东）印度学，以及中日语言文学，后又到乌特勒支大学深造，学习现当代中国史以及藏文和梵文，并以论文《马头明王诸说源流考》（*Hayagriva, the Mantrayanic Aspect of Horse-cult in China and Japan*）获得东方语言学博士学位。高罗佩的语言才能和专业知识很快得到回报。1935年，他被荷兰外交部录用为助理翻译，并被派驻东京，任荷兰驻日公使馆二等秘书。1941年，太平洋战争爆发，荷兰成为日本的对立面，高罗佩与其他同盟国的外交人员一道被遣离日本。1943年3月，他从印度加尔各答来到中国重庆，与那里的荷兰使馆人员会合，出任荷兰政府驻重庆大使馆一等秘书。其间，他结识了同在大使馆秘书处工作的中国名媛水世芳，两人结为伉俪，先后育有三子一女。战争结束后，高罗佩离开中国回到海牙，出任荷兰外交部政务司远东处处长，一年后又去了美国，任荷兰驻美使馆顾问。1948年，他被任命为荷兰驻日本东京军事代表处顾问，1951年又离开东京前往新德里，任荷兰驻印度大使馆文化参赞。1953年，他再次被召回，任外交部中东暨非洲事务司司长。1956年至1959年，高罗佩担任荷兰驻黎巴嫩全权代表，1959年至1962年又担任荷兰驻马来西亚大使。1965年，他作为驻日大使第三次被派驻东京。任上，他被诊断出患了肺癌，不得不返国治病。1967年9月24日，他在海牙辞世，享年五十七岁。

高罗佩一生以外交官为职业，辗转海牙、东京、重庆、南京、华盛顿、新德里、贝鲁特、吉隆坡等地，工作异常繁忙。尽管如此，他还是不忘初衷，挤出时间从事自己所喜爱的东方语言文化研究。他的研究兴趣很广，琴棋书画、小说戏曲无所不包，而且成果颇丰，几乎每隔一至两年就出版一本书。1941年由日本上智大学出版的《琴道》（*The Lore of the Chinese Lute*）是西方第一本系统介绍中国古琴的专著。在书中，高罗佩基于大量中国古代文献，对中国古琴的起源和特征、琴人的心境和原则、琴曲的意义和内涵、演奏的象征和意象，做了详尽的论述。而1944年在重庆出版的《明末义僧东皋禅师集刊》（*Collected Writings of the Ch'an Master Tung-kao, a Loyal Monk of the End of the Ming Period*），则是一部填补中国佛学史空白的开山之作。该书成书时间长达七年，期间高罗佩遍访中日名刹古寺、博物馆院，共觅得东皋禅师遗著和遗物三百余件。1958年，他耗时十余年完成的《书画鉴赏汇编》（*Chinese Pictorial Art as Viewed by the Connoisseur*）又在罗马远东研究社出版。全书内容分两部分，前一部分泛论中日屋宇的式样、书画的悬挂方法以及装裱技术的衍变，后一部分讲述毛笔的构造、墨的制作、纸绢的特质、书画真赝的鉴别，堪称一部东方艺术鉴赏大全。

不过，高罗佩的最大学术成就当属中国古代性文化研究。1949年，因日文版《迷宫奇案》的一幅封面裸体插图，高罗佩开始对中国古代性文化产生兴趣。他广集史料，探幽索隐，费尽周折收集历朝历代春宫画册，又参阅了一系列的明末情色禁书，终于辑成了中国古代性文化的拓荒之作《秘戏图考》（*Erotic Colour Prints of the Ming Period*, 1951）。该书共分三卷。卷一《秘戏图考》是正文，用英语写成，分"上""中""下"三篇，讨论了自公元前226年至公元1664年中国历代王朝与性有关的历史文献、春宫画简史以及他所收藏的《花营锦阵》对题跋文字的注释和翻译，并附有"中国性术语"和"索引"。卷二《秘书十种》系中文卷，收录了卷一所引用的重要中文参考文献，包括《洞玄子》《房内记》《房中补益》《天地阴阳交欢大乐赋》《某氏家训》《纯阳演正孚佑帝君既济真经》《紫金光耀大仙修真演义》《素女妙论》以及《风流绝畅图》题词和《花营锦阵》题词。卷后有附录，分乾（旧籍选录）和坤（说部撮抄）两部分，所录各项均为极其珍贵的中国古代性文化研究资料。卷三《花营锦阵》影印了他所收藏的《花营锦阵》的所有春宫画，外加所题艳词。在这之后，高罗佩继续中国古代性文化研究，且时有新的发现，适逢荷兰图书出版商建议他撰写一部面向更多西方读者的中国古代性文化著作，于是便有了洋洋数十万言的《中国古代房内考》（*Sexual Life in Ancient China*, 1961）的问世。相比《秘戏图考》，该书的社会文化史研究气息更浓，且内容上有增补，还更新了许多旧的译文，添加了许多新的引文；观点上有修正，尤其是强调爱情的高尚意义，反对过分突出纯肉欲之爱。直至今日，该书仍是东西方性学家了解中国古代性文化的重要参考文献。

三

正是以上历史学、考古学方面的惊人成就，让高罗佩发现了《武则天四大奇案》等中国公案小说的价值，并选择性地翻译、出版了《狄公断案精粹》。在该书的"译者前言"，高罗佩指出，多年来西方读者所理解的中国侦探小说，无论是厄尔·比格斯（Earl Biggers, 1884—1933）的"查理·张"系列小说（*Charlie Chang series*），还是萨克斯·罗默（Sax Rohmer, 1883—1959）的"傅满洲系列小说"（*Fu Manchu series*），其实都是"误判"。真正的中国侦探小说是《武则天四大奇案》之类的中国公案小说。这类小说早在1600年就已经存在，时间要比爱伦·坡"发明"侦探小说的年代，或者柯南·道尔（Conan Doyle, 1859—1930）"打造"福尔摩斯的年代，早出几个世纪。而且这类小说多有特色，主题之丰富，情节之复杂，结构之缜密，即便是按照西方的标准，也毫不逊色。然而，由于一些文化传统的原因，迄今这类小说不为广大西方读者所知。他呼吁西方侦探小说作家应该关注这一被遗忘的角落，积极改写或创作以中国古代清官断案为主要内容的侦探小说。[1]鉴于和者甚寡，1950年，他亲自操刀，尝试创作了以狄公为侦探主角的《迷宫奇案》，以后又费时十七年，将其扩展为一个有着十六卷之多的狄公探案系列。

而且，也正是以上历史学、考古学的惊人成就，让高罗佩在创作这十六卷狄公案时有意无意地融入了较多的中国古代文化元素。"漆画屏风""柳园图""朝云观""紫云寺""红阁子"，这些书名关键词本身就是一幅幅色彩斑斓的风俗画，给西方读者以丰富的中国古代文明想象；而小说中的许多故事场景，如"迷宫""花亭""半月街""桂园""乐苑""黑狐祠""白娘娘庙""罗县令府邸"，也无疑是一道道风味独特的精神大餐，令西方读者一窥东方建筑。此外，还有许多与案情有关的主题物件，如竖琴、棋谱、毛笔、画轴、香炉、算盘、绢帕，也不啻一件件极其珍稀的古文物展示，勾起了西方读者对中国传统文化的无限向往。

当然最值得一提的是，"狄公探案"蕴含的道家思想和诗化手段。在《迷宫奇案》，故事刚一开始，高罗佩就描绘了一个仙风道骨的太原府狄公后裔。他头戴黑纱高帽，身穿宽袖长袍，胸前白髯飘拂，举止谈吐不凡。正是他，讲述了狄公当年在兰坊县任上所破解的三桩命案。之后，故事套故事，小说中又出现了一个鹤发童颜、双唇丹红、目光敏锐

---

1 *Celebrated Cases of Judge Dee: An Authentic Eighteenth-Century Chinese Detective Novel*, Translated and With an Introduction and with Notes by Robert van Gulik, Dover Publications, Inc, New York, 1976, pp. i-v.

的道家隐士，他于狄公断案百思不得其解之际指点迷津。由此，狄公锁定了余氏财产争夺案的真正凶犯。同样高贵、脱俗、飘逸的道家隐士还有《项链·葫芦》中的葫芦老道。同传说中的道家神仙张果老一样，他骑着一头长耳老驴，鞍座后面用红缨带拴着一个大葫芦。小说伊始，在松树林，他不期而至，给不慎迷失方向的狄公指路。接下来，还是在松树林，他协助狄公击退了凶狠歹徒的袭击，让狄公得以完成公主的重托。末了，依旧在松树林，他再遇狄公，自报真名，细述身世，并赠予其大葫芦，然后语重心长地留下嘱咐："大人，现在您最好把我忘了，免得将来还会想起我。虽说对于未知者，我只是一面铜镜，会让他们撞头；但对于知情者，我是一个过道，进出之后便了事。"[1]

显然，高罗佩在暗示读者，狄公之所以能屡破奇案，是因为有"高人"相助，而这"高人"并非别的，乃是他所信奉的"清静无为""顺应天道""逍遥齐物"的老庄哲学。事实上，现实生活中的高罗佩也是一个老庄哲学推崇者。在《琴道》的"后序"，高罗佩曾经谈到自己的抚琴体会，认为其秘诀在于遵循老子说的"去彼取此，蝉蜕尘埃之中，优游忽荒之表，亦取其适而已"[2]。接下来的正文，他进一步明确指出："我认为道家思想对琴道衍变有决定性的优势，或者说，虽然琴道的产生及基本观念源于儒家，但内涵却是典型的道家。"[3]此外，在《中国古代房内考》中高罗佩也有类似的说法："道家从自己与自然的原始力量和谐共处的信念中得出合理结论，并固定下来，称之为道。他们认为人

---

1 Robert van Gulik. *Necklace and calabash*. University of Chicago Press, Chicago, 1992, p. 92.

2 Robert van Gulik.*The Lore of the Chinese Lute: An Essay in the Ideology of the Ch'in*.Sophia University, Tokyo, 1941, pp. xiii.

3 Ibid, p. 49.

类的大部分活动，都是人为的，只起到疏远人和自然的作用，由此产生非自然的、人工的人类社会，以及家庭、国家、各种礼仪、专横的善恶区分。他们提倡回复到原始质朴，回复到一个长寿、幸福、没有善恶的黄金时代。"[1]

如果说，在狄公案中，道家思想是高罗佩欲以推崇的精神食粮和破案利器，那么效仿唐代传奇小说和明清章回小说，对小说故事情节做诗化处理，便是他编织案情的重要手段。这种诗化手段，在狄公案前期问世的一些卷册，如《迷宫奇案》《铜钟谜案》《黄金谜案》《湖滨谜案》，主要表现在每章有两句对仗工整的诗歌标题，以及正文起首插有几句韵味十足的题诗。前者起着点明全章主要内容的作用，而后者往往也从作者的视角，感叹世事人生、因果报应，同时赞誉清官替天行道、为民申冤，与正文叙述有着某种唱和的效应。如《黄金谜案》第三章诗歌标题"入县衙主簿慌张，闯后园狄公受惊"[2]，概括了该章主要描写狄公一行四人进了蓬莱县衙，并着手调查前任县令遇害案；而《湖滨谜案》题诗"神笔录尽人间事，万物皆有源与头；无奈凡夫灵犀欠，不谙其意枉自愁。公堂端坐父母官，生杀之权大如天；倘若心少浩然气，草菅人命臭人间"[3]，也以极其简练的语言，歌咏了天下之大，无奇不有，法网恢恢，疏而不漏，为民父母，除害雪冤，从而有效地呼应、烘托了

1  Robert van Gulik. *Sexual Life in Ancient China: A Preliminary Survey of Chinese Sex and Society from Ca. 1500 B. C. till 1644 A. D.*Leiden, E. J. Brill, 1974, pp. 42-43.

2  Robert van Gulik.*The Chinese Gold Murders: A Judge Dee Detective Story*. Perennial, An Imprint of Harper Collins Publishers, New York, 2004, p. 20.

3  Robert van Gulik. *The Chinese Maze Murders: a Chinese detective story suggested by three original ancient Chinese plots*. The University of Chicago Press, Chicago, 1997, p. 1.

小说主题。狄公案后期问世的一些卷册，如《漆画屏风奇案》《御珠奇案》《紫云寺奇案》《黑狐奇案》，尽管考虑到西方读者的持续接受程度，不再有如此诗化形式，但仍出现了相当数量的对仗工整、韵味十足的诗歌。这些诗歌多半与案情相互交织，成为案情侦破的关键。以《漆画屏风奇案》为例，在正文第十一章，狄公偕竹香去地下的妓院暗访，看见床壁上贴有一首七言绝句，并从前后两句的字迹，推测是年轻画家冷德和滕夫人银莲合写，也据此断定此前滕知县所说"生死伉俪"完全是编造的。一个由婚姻不幸导致妻子出轨、继而被杀的复杂命案终于大白于天下。

## 四

然而，高罗佩并非不分良莠、一味地融入中国古代文化元素。也还是在他的《狄公断案精粹》的"译者前言"，高罗佩总结了《武则天四大奇案》等中国古代公案小说的五大"弊端"。首先，小说伊始即介绍罪犯，细述犯罪的经过和动机，从而丧失了故事基本悬念。其次，崇尚神鬼等超自然力量，法官能潜入冥王地府与受害者对话，动物、炊具也能上法庭做证。再有，故事冗长，情节拖沓，动辄数十章，甚至数百章。再有，出场人物过多，难以分清主次、理清线索。最后，惩罚罪犯过分，残忍地诉诸暴力。[1]

---

1 *Celebrated Cases of Judge Dee: An Authentic Eighteenth-Century Chinese Detective Novel*, Translated and With an Introduction and with Notes by Robert van Gulik, Dover Publications, Inc, New York, 1976, pp. ii-iv.

以上"弊端"，高罗佩在创作狄公案时已经剔除。整个谋篇布局，仍沿用西方古典式侦探小说的创作模式，并突出运用了许多行之有效的创作技巧。譬如阿加莎·克里斯蒂式的"高度悬疑"，几乎每卷都有这样的设置。典型的有《紫云寺奇案》，故事一开始，读者就被置于紧张的悬疑之中而不能自拔。漆黑的寺庙外，隐约现出一块溅洒鲜血的石头；一对男女鬼鬼祟祟，借着微弱的灯笼光线朝井边拖拽尸体。他们是谁？为何要弃尸古井？被害者又是谁？但未等读者找出答案，新的悬疑接踵而至。从古董店买来贺寿的紫檀木盒，莫名其妙地留有求救纸片。一夜之间，国库五十锭金变成一堆铅条。而原本是两个无赖之间的争斗命案，凶手却要费事地剁下受害者的头颅？并且，狄公的得力助手两次险遭杀害，衙役们已是一死一重伤。直至最后，罪犯一一被擒获，狄公细述案情，所有谜团解开，读者才恍然大悟。原来百年寺庙早已成了藏污纳垢之地。而《朝云观奇案》的悬疑设置更有特色，整个故事情节集中在一个密闭时空，命案迭起，案中有案。狂风暴雨夜，狄公一行人前往百年道观借宿。倏忽间，对面塔楼现出一男与一残臂裸女相搂的身影。此前，已有三个年轻女子在那里蹊跷身亡。紧接着，戏班子又有伶人"假戏真做"，险些酿成大祸。狄公循迹调查，又遭人暗算。更不可思议的是，众目睽睽之下，前任住持玉镜讲道时突然"仙逝"。之后，现任住持真智又坠楼暴毙。种种蛛丝马迹，指向道观一个辞官修道的孙太傅。然而他为何要谋害数条人命？又能否逃脱法律制裁？如此悬疑，一直持续到小说结束。

又如柯南·道尔式的"科学探案"，这一技巧的运用集中体现在小说主要人物形象的提升和重塑。在高罗佩的笔下，狄公已经不单是那个为政清廉、刚正不阿、体恤民生，只凭聪明才智断案的青天大老爷，而是融博学、勤政、亲民于一身，依靠仔细调查和缜密推理破案的"科学"神探。他手下的几个随从，马荣、乔泰、陶干和洪亮，也一改"四肢发达、头脑简单"的性格描写窠臼，变成有血有肉、智勇兼备的破案搭档。作为一方父母官，狄公不但熟悉辖区具体政务，还擅长同各种各样的人打交道，了解他们的喜怒哀乐和实际需求。尤其是，他深谙犯罪心理学，勤于现场勘查，善于从蛛丝马迹中寻找破案线索，并层层剥茧抽丝，缜密推理。在《漆画屏风奇案》第五章，高罗佩以十分细腻的笔触，描述了狄公如何在沼泽地查看一具女尸的情景：

> 狄公重新掀开裹盖女尸的袍服。除了那袍服外，女尸一丝不挂，一把短剑从左侧乳房直插胸部，露出剑柄。剑柄周围有一摊干涸的血。他继而细看那剑柄，发现质地为白银，上面镂刻了美丽的花纹，不过年代已久，呈现出黑色。他断定，这把短剑是一件稀世古董，只因那个乞丐不识货，在盗窃耳环和手镯的时候，没有将它拔出带走。他摸了摸那只乳房，表面冷而黏湿，接着又抬起她的一只胳膊，觉得还有弹性。看来，这个女人被害的时间不过几个时辰。他想着，这安详的神态，简便的发型，裸露的胴体，赤裸的双脚，都说明她是在床上熟睡时被害的。[1]

这段描写，与柯南·道尔在《巴斯克维尔的猎犬》中描述福尔摩斯现场勘察爵士死因简直有异曲同工之妙。不过，高罗佩没有无限拔高狄公，

---

1　Robert van Gulik. *The Lacquer Screen: a Chinese Detective Story*. The University of Chicago Press, Chicago, 1992, p. 52.

而是描写他有时也会被假象蒙蔽而犯错，也会因怀疑自己判断有误而心虚。此外，他还有七情六欲，不但娶有三房夫人，还看见美丽、善良的女人就动心。《铁针谜案》中暗恋郭夫人便是一例。小说描写了狄公邂逅这位容貌端庄、知书达理的仵作妻子后的种种爱慕心理。当获知她同样以铁针杀害了自己无恶不作的前夫后，狄公陷入了矛盾，欲绳之以法又心中不忍。郭夫人跳崖自尽后，狄公一夜未眠，"他感到非常疲惫，想过平静的退隐生活。但随之他明白，自己不能这样做。退隐意味着不想担当任何责任，而他却有太多的责任"[1]。这也令人想起英国侦探小说大师埃·克·本特利（E. C. Bentley, 1875—1956）在《特伦特绝案》中所描写的那个"已食人间烟火"的大侦探特伦特，他在推断门德尔松夫人杀害自己丈夫之后，选择了悄悄离去，因为门德尔松敛财堕落，消除他等于消除了罪恶。

再如约翰·卡尔的"密室谋杀"。所谓密室谋杀，是指罪犯在一个完全封闭、看似无法出入的空间环境内所实施的谋杀，往往产生一种独特的惊悚、神秘的效果。高罗佩似乎谙于这一技巧，在大部分卷册都有展示。《红阁子奇案》中的举人李琏和花魁娘子秋月先后"自杀"，显然是一种密室谋杀，因为两人均死在卧室，房门紧锁；而《朝云观奇案》中的前任住持玉镜"讲道时突然仙逝"，也是与密室谋杀不无联系，因为众目睽睽之下，凶手没有任何作案机会。最令人玩味的是《迷宫奇案》中的丁将军被杀案。高罗佩先是在第八章，透过狄公的视角，描述了十分密闭的案发现场：

1  Robert van Gulik. *The Chinese Nail Murders*. The University of Chicago Press, Chicago &London, 1977, p. 200.

狄公迈步跨过书斋门槛，举目环视。书房很大，呈八边形，墙上高处有四扇小窗，窗纸莹白，阳光透过窗纸，漫入室内甚是柔和。窗户上方，有两个小孔，供通风之用，均有栅板相隔。除了窄门，书斋墙上再别无其他开启之处。

书斋中央正对门放着一张乌木雕花大书案，只见一人身穿墨绿锦缎便袍软软地伏于书案之上。此人头枕弯曲左臂，右手伸于书案之上，手中握有一红漆竹制狼毫，一顶黑色丝帽掉落于地，灰白长发暴露无遗。[1]

接着，他又借陶干和丁秀才之口，说明了凶手不可能自由进入案发现场的缘由。一是房门乃进入书斋的唯一通道，墙壁、书架上的窗户和挡有栅板的通气孔洞以及窄门，均未见暗道机关；二是丁将军先亲自开锁进入书斋，丁秀才跟着进入下跪请安，其时管家就站在丁秀才身后，直至丁秀才起身，丁将军才将房门合上，而平时书斋房门总是紧锁，唯一的钥匙也由丁将军随身携带。但就是这样一个看似无法破解的密室谋杀案，狄公通过仔细调查和严密推理得出了答案。原来杀死丁将军的是他手上执握的那管珍贵的狼毫。之前凶手将狼毫作为寿礼送给了丁将军，但狼毫内藏有浸透毒液的飞刀，上有弹簧，用松香封住。丁将军初次写字时，自然要烧掉狼毫笔端的毛刺，于是松香受热，弹簧启动，飞刀弹出结果了他的性命。

此外，还有盖尔·威廉（Gale Wilhelm, 1908—1991）的"女同性恋描写"，也对高罗佩的狄公案创作产生了较大的影响。尽管小说没有出

---

1 Robert van Gulik.*The Chinese Maze Murders: a Chinese detective story suggested by three original ancient Chinese plots*.The University of Chicago Press, Chicago, 1997, pp.88-89.

现任何女同性恋侦探，但出现了相关人物和细节描写，而且这些描写往往与案情的发展有关，甚至成为案情侦破的关键。仍以《迷宫奇案》为例。在该书的第二十四章，高罗佩几乎用了整整一章的篇幅来描绘女同性恋李夫人的外貌以及看见黛兰时的异样神态：

> 黛兰看那李夫人，面相周正，但五官略嫌粗大，双眉稍浓……黛兰燃旺灶内余火……顷刻厨房香味扑鼻……然而李夫人只吃了半碗便放下碗筷，将手置于黛兰膝头……角落里有两只水缸，一冷一热……黛兰提起热水缸盖……快速褪去衣裤，舀了几桶热水倒在盆内。待其舀取冷水时，猛地听得身后有异动，旋即转过身去……李夫人边说，边盯着黛兰。黛兰顿时觉得十分惧怕，忙俯身捡取衣裤。李夫人走上前来，霍地从黛兰手中夺走下衣，厉声问道："你怎么又不沐浴了？"黛兰惊得忙赔不是。李夫人猛地将黛兰拽到身边，轻声说道："姑娘何须假正经！你这身段甚是漂亮！"

当然，像盖尔·威廉的《我们也在漂浮》（*We Too Are Drifting*，1934）一样，高罗佩如此不厌其烦地细述女同性恋性爱的目的是给接下来的情节高潮做铺垫。果真，李夫人求爱不成，便凶相毕露，并丧心病狂地用白玉兰之死来威胁黛兰。只见她将布帘一拉，梳妆台现出白玉兰的血淋淋头颅。正当李夫人的尖刀刺向黛兰之际，窗外跃入了彪形大汉马荣，眨眼工夫他便打落了尖刀，又将李夫人的双手绑定。至此，白玉兰失踪案告破。

立足西方古典式侦探小说创作模式，选择性融入中国古代文化元素，一切以故事情节生动为准则，高罗佩的十六卷"狄公案"就是这样成为早期西方历史侦探小说的成功范例，同时也赢得世界千千万万读者的青睐。

黄禄善

2017年10月26日

黄禄善，上海大学外国语学院教授，上海作家协会会员、上海翻译家协会理事，英国皇家特许语言家学会中国分会副会长。译有《美国的悲剧》等十部英美长篇小说，主编过八套大中小外国文学丛书，其中由长江文艺出版社、花城出版社出版的"世界文学名著典藏"（精装豪华本）近二百卷。

高罗佩·大唐狄公探案年表

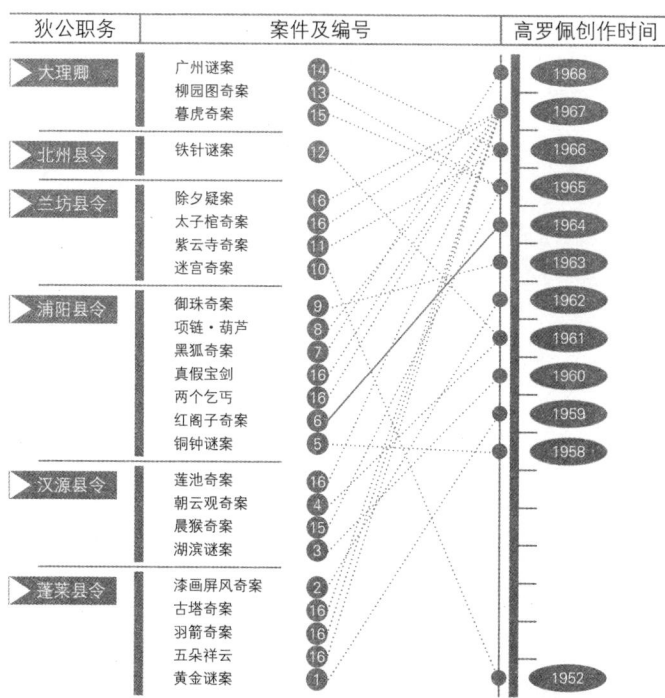

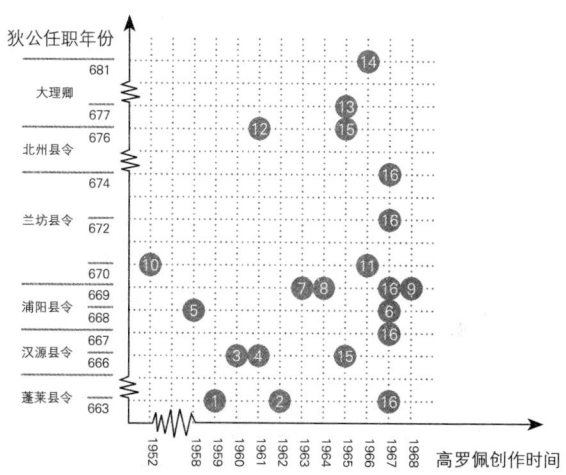

| 狄公职务 | 案件及编号 | 高罗佩创作时间 |
|---|---|---|
| 大理卿 | 广州谜案 14 / 柳园图奇案 13 / 暮虎奇案 15 | 1968 / 1967 |
| 北州县令 | 铁针谜案 12 | 1966 |
| 兰坊县令 | 除夕疑案 16 / 太子棺奇案 16 / 紫云寺奇案 11 / 迷宫奇案 10 | 1965 / 1964 / 1963 |
| 浦阳县令 | 御珠奇案 9 / 项链·葫芦 8 / 黑狐奇案 7 / 真假宝剑 16 / 两个乞丐 16 / 红阁子奇案 6 / 铜钟谜案 5 | 1962 / 1961 / 1960 / 1959 / 1958 |
| 汉源县令 | 莲池奇案 16 / 朝云观奇案 4 / 晨猴奇案 15 / 湖滨谜案 3 | |
| 蓬莱县令 | 漆画屏风奇案 2 / 古塔奇案 16 / 羽箭奇案 16 / 五朵祥云 16 / 黄金谜案 1 | 1952 |

狄公任职年份

681
大理卿
677
北州县令 676
674
兰坊县令 672
670
浦阳县令 669 668
汉源县令 667 666
蓬莱县令 663

高罗佩创作时间

1952 1958 1959 1960 1961 1962 1963 1964 1965 1966 1967 1968

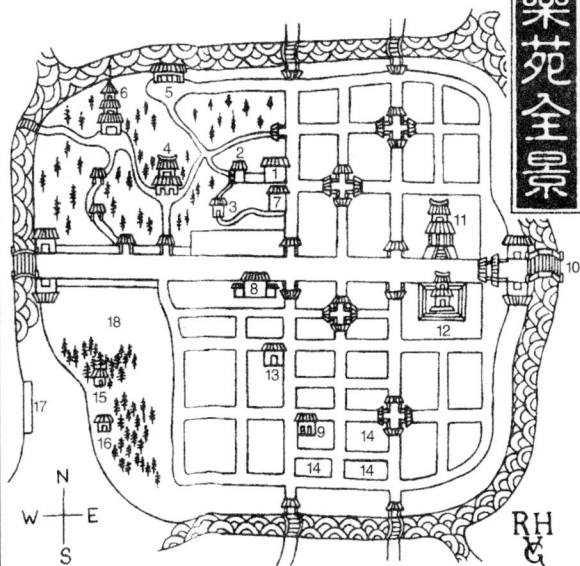

樂苑全景

| 1. 永乐客栈 | 7. 贾玉波之客店 | 13. 温元的古董店 |
| 2. 红阁子 | 8. 赌馆 | 14. 妓女房舍 |
| 3. 花魁娘子之宅 | 9. 白鹤楼 | 15. 凌姑茅棚 |
| 4. 餐馆 | 10. 易魂桥 | 16. 大蟹住家 |
| 5. 澡堂 | 11. 财神庙 | 17. 码头 |
| 6. 道观 | 12. 冯岱官署 | 18. 荒地 |

浦阳县令　　　　　　　　　　　　　**狄仁杰**

狄仁杰的亲随　　　　　　　　　　　**马　荣**

狄仁杰的同僚、金华县令　　　　　　**罗县令**


名妓、乐苑的花魁　　　　　　　　　**秋　月**

二等妓女　　　　　　　　　　　　　**银　仙**

书生　　　　　　　　　　　　　　　**贾玉波**


举人　　　　　　　　　　　　　　　**李　琏**

李琏的父亲　　　　　　　　　　　　**李纬经**

乐苑的里正，乐苑中赌馆、妓院的老板　**冯　岱**

冯岱的女儿　　　　　　　　　　　　**玉　环**


乐苑中饭馆、酒楼的老板　　　　　　**陶番德**

陶番德的父亲　　　　　　　　　　　**陶　匡**

乐苑中古董店、珠宝店的老板　　　　**温元姑**

靠教曲子为生的盲妇　　　　　　　　**凌　姑**


冯岱的手下　　　　　　　　　　　　**大　蟹**

冯岱的手下　　　　　　　　　　　　**小　虾**

书中主要人物

红阁子奇案

# 目录

红阁子奇案

# 一 ▼

赴任所　狄大人寄宿乐菀

赏夜色　花魁娘相遇红阁

"夏日鬼节，祭祀隆盛，是客店最繁忙的日子，客官。"客店胖掌柜道。随后他又不停地重复说着："抱歉，客官。"

胖掌柜满脸真诚，略带歉意地打量着站在柜台前的这位客人——他个子高大，蓄着长胡子，身着一件普通的棕色长袍，头戴一顶黑色帽子。尽管从穿戴上看不出他的身份地位，但他那自信的神态——那种可以为一宵住宿出好价钱的神态表明了他的显贵身份。

一丝不快掠过长胡子那张略显失望的脸。他擦去前额上的汗，对随从的壮汉道："我都忘了鬼节已经到了，适才看见路边的祭坛也没有记起。嗯，这已经是我们到过的第三家客店了，我看不要再寻了，还是连夜赶往金华城去吧。我们什么时候能到那

· 1 ·

里？"

他的随从耸了耸宽宽的肩。

"这很难说，大人。我对这金华城不是很熟悉，况且天黑赶路，实有诸多不便。再说我们还要过两三条河，即使顺利的话，到城里也应该是午夜了。"

这时，正在柜台上摆弄蜡烛的花白胡子账房凑上来道：

"让这位客官住红阁子如何？"

胖掌柜揉着圆下巴犹豫道：

"红阁子固然是本店上等的客房，面朝西，整个夏季都很凉爽，只是还未彻底通过风，还有……"

"既然有客房空着，我便租下了。"长胡子客官急切地打断道。

"我们今日一大早就开始赶路，现在正想早些休息。"接着他又嘱咐他的随从，"去把马鞍袋拿来，将马交给马夫。"

"欢迎您光临本客店，客官。"店掌柜又说道，"不过，我要告诉你……"

"房金再高我也租了。"长胡子再次打断店掌柜的话，"给我登记吧。"

胖掌柜打开巨大的登记簿册，上面注有"七月廿八"，推到他的面前，来客提笔蘸墨写下醒目大字：

狄仁杰　浦阳县令　由京师去任所赴任　随从马荣

当他还回登记簿册时看见了封面上的大字"永乐客栈"。

"原来是浦阳正堂狄县令屈尊光临,小店蓬荜生辉,荣幸之至。"店掌柜讨好道。办好手续,掌柜望着他们的背影喃喃自语:"但愿他不会遇到什么。"随后又担忧地摇了摇头。

老账房带领狄公穿过厅门来到花园中央,只见两侧是两层高的宽大的楼房,乐声和笑声从透着亮光的纸窗里飘了出来。"单间都客满了。"账房一边低语,一边领着狄公穿过院子后面的雕花大门。

他们来到了一个有围墙的漂亮花园,月光照在错落有致的花草灌木和金鱼池静静的水面上。即使在这户外,空气也闷热得令人难受,狄公用他的长袖擦了一下脸,左边的屋子里不时传来杂乱的欢笑声和弦乐之声。

"他们很早就开始了。"老账房自豪地说,"清晨是乐苑唯一听不到乐声的时候,大人!所有楼阁正午前至次日凌晨皆'笙歌达旦',您会发现乐苑是一个快乐之地!"

"我希望在我的房间里听不到这些。今天的旅途已使我困倦怠乏,明早还要继续赶路,我想要早点休息。希望那屋子会很安静。"

"当然,大人……确实非常安静!"老账房含糊地说道。

他快速地将狄公带进一条长长的、昏暗的走廊,走廊的尽头是一扇高大的门。老账房举起手中的油灯,灯光照在漆着金漆、刻满花纹,装饰讲究的门板上,他推开大门,说道:

"大人,这阁子正好位于客店的后面,您能看到花园美丽的景色,而且非常安静。"

他们进入了一间两边有门的前厅,老账房拉开了右边的门帘，引狄公来到一间宽敞的客厅，并径直走到中间的桌前，点亮了那银烛台上的两支蜡烛，然后打开后墙上的门窗。

狄公这时注意到，尽管房内散发出霉味，但却装饰得富丽堂皇，十分舒适。桌子和四把高背椅子皆为雕花檀香木所制，有着天然的本色，光滑发亮。右边靠墙是一张檀香木床，它的对面有一张雅致的梳妆台，上面陈设皆仿古制，东面壁上的几幅山水花鸟画也皆为上等佳作。西面门外是一个小小的露台，露台三面绿荫覆盖、紫藤缠绕，露台下面花木丛簇。花园的另一边，灯光照着悬挂在高大树木上的彩色丝绸，远处一幢两层的楼房半遮半掩在绿叶丛中。除了那边传来阵阵乐声外，这里确实非常安静。

"这是客厅，大人。"花白胡子殷勤地说道，"卧室在另一边。"

他领狄公回到前厅，从怀中掏出一把样式精致的钥匙，打开左边的门。

狄公诧异："这屋内何需装锁，难道还有盗贼不成？"

对方狡黠地一笑。

"确保来这里的客人不会受到干扰，大人！"他轻声笑道，然后迅速走进房内，"锁几天前被弄坏了，现在又修好了，里外都能开。"

卧室同样装饰豪华，左边床架上搭着偌大的帐幔，前面摆放着桌子和椅子。对面墙角边的盥洗架和梳妆台均漆着红漆，床幔则为厚厚的织有金银丝浮花的红色锦缎，地上也铺了红地毯。老账房打开后墙上的独扇窗户，狄公透过粗笨的铁栅栏看见客店后面的花园。

"这房子叫红阁子，我猜想是因为卧房用具全为红色。"

"确实如此，大人。这要追溯到八十年前，当初房子建造时就是这个格调。我去唤丫鬟送茶上来，不知狄大人是否去花园酒楼用晚膳？"

"我身子困乏，不想出去了。你唤仆役将晚膳送来房中。"

当他们回到客厅时，马荣提了两个马鞍袋进来。老账房悄无声息地退了出去。马荣打开行囊，将狄公的长袍放在长椅上。马荣长着双下巴，宽脸盘，皮肤光滑，蓄着胡须，原先他是一个拦路抢劫的盗贼；几年前，他弃恶从善，在狄公的手下当了听差。作为一名经验丰富的格斗高手，他在缉拿奸宄恶首和执行危险任务时，可谓是一名得力干将。

"你可以睡在这软榻上。"狄公对他说，"仅此一夜，这样也可免去你外出投宿的麻烦。"

"噢，我可以找到一个夜宿之处的。"马荣轻快地答道。

"只是不要把你所有的银子都花在酒色上。"狄公正色道，"乐苑的繁荣来自赌馆和妓院，他们知道怎样榨干客人。"

"我不会！"马荣笑道，"他们为什么称乐苑为岛？"

"当然是因为它四面环水。听我说，马荣，记住那座桥的名字，就是我们到这里时见到的那石拱桥，它名为'易魂桥'。因为乐苑的环境撩拨人心，使来这里的每个人都变成肆无忌惮的挥霍者；而你身上也带了不少银两，你京师的叔父不是曾赠你两锭金子吗？"

"是的，我不会动它的，大人！这两锭金子是要留作晚岁生计的，将来我要在家乡造一间小屋，买一条船。现今我手头还有二两碎银，今晚可以去碰碰运气。"

"无论如何明日早膳前你一定要回到这里。如果我们早一点出发，那么大约用两个时辰，中午时分便可到达金华。我顺便去拜访老友罗县令，到了他的县城应该去拜访一下的，然后再赶回浦阳。"

他的忠实随从点头答应，随后道了晚安并告辞，经过手托茶盘的貌美女子时，他不由得多看了几眼。

狄公吩咐丫鬟将香茶搁在露台的圆茶几上，并道："晚膳准备好了也送到这里来。"

丫鬟退下后，狄公独个儿坐在露台上慢慢饮啜。夜风如丝，微觉凉意，他伸了伸僵直的双腿，顿觉舒适许多。回想这趟受命为一年前他经手的一起涉及佛庙的案件提供更详细的资料而赴京的行程，虽是一路顺当，但他却只盼望尽早回城赴任。水灾使他不得不绕道金华城，不过也仅仅耽搁一天而已。尽管乐苑低俗的氛围令他生厌，但他还是庆幸自己能在这样上等的客栈内找到这么宁静的一间阁子，眼下他想沐完汤浴，简单用完晚膳，便早早休息。

当他准备靠在椅子里时，突然一惊，明显感到有人在监视他。他猛地跳起，环顾四周，露台上并无异象，门里厅外也没见有人。他从墙头的窗户上朝卧房里查看，室内一样空无一人；他便又跨过露台栏杆，在紫藤树丛中仔细搜索了一阵，但黑暗中并未发现什么，只是闻到有一种像是叶子腐烂的恶臭味。他重新坐下，心想一定是自己有了幻觉。

他将座椅拉至栏杆处，环视花园。远处五彩的灯光照射在花丛树叶上，色彩斑斓，景色迷人。可他此刻却无法找回先前那种舒适轻松的心情，静止闷热的空气使人愈感压抑，空旷的花园也似正散发着令人恐惧和具敌意的气息。

右边紫藤架里忽瑟瑟有声，他猛一回头，隐约看见露台的尽头有一女子，半掩在紫藤花簇中。他以为是丫鬟来送晚膳，便放下心来，嘱咐道：

"将晚膳放在小圆桌上。"

听见来人轻声一笑，他惊奇地重又看去，却只见一身着白罗纱薄长裙的娉婷女子，顺滑的长发像瀑布般垂下。他略带歉意地说：

"对不起，我还以为是丫鬟呢。"

"要知道，这可不是一个讨人欢喜的错误。"她一边用悦耳、文雅的声音答道，一边弯腰从紫藤架下走出来。这时他注意到，她身后的栏杆处有一腰门，那可能是一段楼梯的顶端，楼梯则通往客店边上的小路。当她走近时，一位绝色女子出现在他眼前。鹅蛋形的脸上，"精工雕琢"的鼻子和传神的眼睛特别引人注目，略湿的罗纱长裙紧贴在她的身体上，使那无可挑剔的优美曲线暴露无遗。她摇晃着手中的梳妆盒，靠在栏杆处，一对妖冶的眼睛上下打量着狄公。

"你也一定搞错了，"狄公生气道，"这可是私人住宅。"

"私人住宅？我的大人，在此乐苑里对我来说可没什么私人住宅。"

"你是何人？"

"金山乐苑花魁娘子秋月。"

"原来如此。"狄公捋着胡子寻思，他觉得颇为尴尬。他知道，在这种风流胜地，每年都要选苑中最漂亮、最富才艺之妓女为花魁娘子；而这女子也享受上流社会的地位，成为公认的时尚引导，主宰花柳世界的一切。他必须打发走眼前这个近似裸体的女子而又不至于冒犯她，因而狄公礼貌地问：

"幸会，花魁娘子，不知何以得此殊荣？"

"只是偶然而已。我从花园那边的浴场回屋经过此地，因为这里有一条近路通往左边松树林那头我的私宅。我以为这屋空着，便踏上露台顺便观赏一番这野花趣味。"

狄公警觉地望了她一眼："秋月姑娘恐怕在这里已偷看半日了。"

"我秋月一向不偷看别人，倒是这乐苑里偷看我的男子还不少哩。"

她傲慢地答道。突然，她神情焦虑，急急地扫了一眼敞着房门的客厅，皱着眉头问道："你怎么会有我窥视你的念头？"

"只是隐隐约约地感到被人观察。"

她拉了一下长裙，用它裹紧透明罗纱下柔软的身体。

"这就怪了，我沿树丛小径走来时，也觉有人在暗中窥视。"她镇定了一下，开玩笑道，"我不在意，我已习惯整天被人围着转了。"说罢，她清脆地大笑起来。

秋月的笑声突然刹住，只见她脸色煞白。狄公快速转过头去，他也听到了一阵使人毛骨悚然的沙哑笑声，而且这笑声好像就来自卧房的窗户处。她慌忙问道：

"这红阁子里还有何人？"

"没人，今夜只我一人在此。"

她迅速向屋内扫视一下，然后回过头来，注视着花园那头的大酒楼。乐声停止了，喝彩声欢呼声一阵接一阵，笑语飞扬，浪谑一片。为了打破这尴尬的沉默，狄公漫不经心地说道：

"那边的人们正在欢度良宵。"

"那是花园酒楼，楼下提供美味佳肴，楼上皆是预订好的与亲朋知己寻欢的酒宴。"

"不错，我很高兴，有幸见到乐苑最娇艳的姑娘，只是我今日尚在赴任途中，明日一早还要继续赶路，恕不奉陪了。"

她没有动身离开，却将梳妆盒放在地上，双手交叠于脑后，身子向后仰靠，凸显出她那结实的乳房和丰满的臀部。宛如嫖客置身于妓女面前，狄公无可避免地看到了她那一览无遗的胴体。他迅速转过头去，她却镇静地说道：

"你现在已经看清了我的全部，不是吗？"她欣赏了一会儿他窘迫的沉默，然后放下双手自鸣得意地炫耀道，"我现在不急着走，今夜有一个痴情郎为我设宴，少间便要去我私邸迎亲，故想在此消磨一会。说说你吧，看你的气度装扮，八成是个城里做官的。"

"不，我只是个邻县小小胥吏，与你那些高贵的客人相比实在算不上什么。"他站起身，补充道，"不敢再耽搁你，想必你也要早点回去梳妆打扮准备赴宴吧。"

她轻蔑地抿嘴一笑。

"就莫再扮成一个正人君子的模样了！我已看见了你的神色，又何必装成不想占有你所看到的样子呢？"

"对我这种微不足道的小人物而言，这种愿望纯属放肆。"狄公生硬地回答。

她皱起了眉，狄公看到她嘴边的曲线里约略透着些残忍的意味。

"你这才是放肆！"她尖叫着，"原先我以为我喜欢你那种不拘礼节的神态，可现在我知道了，你并不吸引我。"

"你让我难堪。"

她气得脸色发红，遂离开栏杆，提起梳妆盒厉声道：

"一个区区小吏，竟敢如此怠慢轻侮于我。告诉你，三天前，京师一名举人爷还为了我轻生哩！"

"果有此事？没想到你竟借此炫耀，而没有半点伤感。"

"难道还要为他戴孝？假如要我为所有这些痴汉戴孝的话，我这辈子可是会有戴不完的孝。"她恶毒地说道。

"别轻言死亡和戴孝。"狄公警告道，"鬼祭尚未终了，阴曹地府的大门还要敞开三日，孤魂野鬼还在周围游荡呢！"

花园内一阵乐声过后，四周一片寂静。突然他们又听到了那种沙哑笑声，这次很轻，声音好像来自露台下面的灌木丛中。花魁娘子脸上一阵抽搐，她大声叫道：

"这个鬼地方我腻透了，谢天谢地，总算要离开这儿了。一个富有的大官要赎我出去，到时我将是县太爷夫人。你还想说什么？"

"只是恭喜你，也恭喜他。"

她微微地点了点头，神情平静了下来。准备离开时，她又说道：

狄公在露台遇上冶艳的花魁娘子（高罗佩　绘）

"这个人是够幸运的，但他的太太就难说了。她将独守空房，因为我不习惯与人分享男人的感情。"

　　她摇晃着匀称的臀部走到露台的另一端，分开紫藤花簇，消失在露台下，显然那里有通往下面的楼梯。她的身后飘来一阵高级香水的气味。

　　突然，这种香气被一种令人作呕的腐烂气味所淹没。腐臭味来自露台前的灌木下，狄公朝栏杆处望去，不禁大吃一惊。

　　灌木丛中站着一个面目狰狞的麻风病乞丐。只见他骨瘦如柴、衣衫褴褛，左面肿胀的脸上脓疡溃糜、臭痂胶结，左眼凹陷无珠，右眼恶狠狠地盯着狄公，一只变了形的残手，只剩三个指头，从破衣下伸出，不停地颤抖。

　　狄公急忙从袖中抓出一把铜钱，欲用手帕包了扔给他。可那怪物歪咧嘴唇一声冷笑，咕哝了几声便转身消失在树丛深处。

知迷途　罗县令金蝉脱壳
受委托　狄大人代摄衙务

　　狄公不禁一阵战栗，遂将铜钱塞回衣袖里。从美貌绝伦的艳妓到丑陋无比的病鬼，这一变化来得太突然了。

　　"好消息，大人！"一个熟悉的声音从身后传来。他微笑着转过身去，只见马荣站在哪里兴奋地说道，"罗县令就在这乐苑里！我在从这里过去的第三条街上，看见有一班官府衙役，便上前打听是谁的轿马，他们回答说是罗县令的马队。他已经在乐苑逗留了好几天了，今夜就要回县城，所以我赶快跑回来禀告大人。"

　　"太好了，我这就去拜见他，也好省了去金华城一趟，那便可早一天回浦阳去了。马荣，快走，我们得赶在他离开前见到他。"

　　两人迅速离开了红阁子，绕至前厅推开客栈大门，来到了街上。

拥挤的街道两旁，灯火璀璨的酒楼和赌馆林立。马荣一边走一边注视着酒楼上的露台。只见那里有三五一群穿着华贵的年轻女子靠立在栏杆边聊天，有的手持彩色丝绸扇子轻摇着，神情怡然自得。天气实在闷热得令人快要窒息了。

第二条街不太嘈杂。走了不一会儿，眼前就只有一些黑暗的房子了，每一户门上都有一盏灯，门前匾额上，小巧的字体刻印着"会乐院""迷香楼"等，名头不一，却都告诉人们可以来此欢度良宵。

狄公二人急忙转过街角，来到另一条大街。在一家豪华酒楼门前，只见十二个壮实的轿夫正抬起一顶大轿，边上站着一队侍卫。马荣迅速上前对为首的仆役说道：

"请禀报你们大人，浦阳县令狄大人拜见。"

那个仆役立即命令轿夫放下轿子，他拉开轿帘和主人低语了一会儿。

罗县令肥胖的身影出现在轿门里，他圆圆的身躯裹着一件雅致的蓝色丝绸长袍，黑色天鹅绒的帽子略微歪斜地罩在头上。他急忙走下轿子，向狄公点头大声招呼道：

"什么风把您吹到乐苑来了，年兄？我正需要您呢，又见到您真是太高兴了。"

"得晤罗兄，不胜欣喜，我正在从京城返回浦阳的途中。我本计划明日游金华城，一来问候罗大人，二来感谢您去年的盛情款待。"

"区区小事，不足挂齿。"罗县令大声答道。他那张圆脸上的两撇胡子与下巴上的一撮短须在笑声下一起抖动起来。"那两

狄公巧遇罗县令（高罗佩　绘）

名年轻女子能帮助你揭露那些卑鄙的僧侣，是我县的荣幸。天哪！狄兄！那起佛庙的案子传遍了整个县城。"

"有点太过分了。"狄公苦笑着答道，"长安佛界诸长吁请大理寺传唤我去京城，要求重审此案。他们讯问了我许多问题，不过最后他们也都得到了令他们满意的答案。我们进酒楼去吧，一边喝茶，一边听我细细道来。"

罗县令快速走近他，胖胖的手搁在他的手臂上，用信任的语调低声说道：

"不必了，狄兄！我现在有要事必须立刻返回金华城。狄兄，我有件事需要你的帮助！为了调查一宗自杀案，我已经在这里待了两天了。情况已很明朗，是个年轻人第一次赴京赶考，中举后，回家途中逗留这里，不想卷入了儿女私情——老故事了。那人姓李，是李左相的公子。我抽不出时间写出所有的官府案呈，帮帮我的忙，狄兄，再待一日帮我结束这个案子，可否？只是例行公事，我真的必须马上离开！"

狄公不太乐意在一个他完全不熟悉的地方代替他的同僚行事，却又难以拒绝，便说道：

"当然，我尽力而为，罗兄。"

"太好了！那么我就先告辞了。"

"等一等！"狄公急忙说道，"在这里我没有任何授命是不行的，你必须委托我代行金华县令政务。"

"我现在就在这里委托你！"罗县令庄重地宣布道，说完便要往他的轿子里钻。

"口说无凭，必须有书面证明，老兄。"狄公宽容地笑着说，"这是规矩。"

"天哪，还要耽搁。"罗县令恼怒地抱怨着。他环顾了一下四周，然后拉着狄公一起走进了酒店的大厅。站在柜台前，他抓过纸笔，却突然停了下来，生气地喃喃自语道：

"天哪，正式委托书是什么格式？"

狄公从他手中拿过毛笔，草草写下委托书递给罗县令。罗县令又拿了一张纸，照抄了一遍。"盖上我们二人的印章，按上手印，"狄公说，"这就安排妥当了。你拿着原件，在你最方便的时候转交给我们的上司，我留着副本。"

"看来你非常擅长这些事务。"罗县令高兴地说，"我猜想你睡觉时一定将这正式委托书放在枕头下。"

当罗县令在纸上盖印时，狄公问他：

"谁负责管辖这个岛？"

"噢，"罗县令轻快地答道，"一个名叫冯岱的人，是乐苑的里正。他很了不起，能知晓这里所发生的每一件事。他拥有这里所有的赌馆和妓院，能告诉你你想知道的一切。结案后，劳烦将案呈交给我。"他又向外走去，并说道，"非常感谢，狄兄！感激不尽！"快要跨上轿子时，他看见一名仆从点亮了一盏大灯笼，上面标有红色的"金华县衙"字样。"快熄灭，笨蛋！"罗县令喝道，随后对狄公说，"别滥用父母官的职权，要遵循圣人所谓的'以仁为本'。告辞了。"

他进入轿子中，轿夫们将粗大的横杆放在他们结实的肩膀上。突然，轿子的窗帘被拉到一边，罗县令圆圆的脑袋探出轿窗。

"记住里正的名字，狄兄！冯岱，一个有才干的人，你等一下会在晚宴上见到他。"

"什么晚宴？"狄公迷惑不解道。

"噢，我没有告诉你吗？今晚乐苑的显要人物在白鹤楼为我设宴，你当然得全权代表，不要让他们失望了。你会喜欢的，狄兄。他们准备了美味的菜肴，特别是烤鸭。劳你帮我说声抱歉了。放松一下吧！对了，吃烤鸭时别忘了蘸些甜酱。"

轿帘拉上了，轿子消失在黑暗中。跑在前面的随从并没有按惯例为罗县令鸣锣开道。

"他们为何如此匆忙？"马荣好生怀疑。

"可能他不在金华城时，那里出了什么不愉快的事吧。"狄公慢慢地卷起委任书放进衣袖里。马荣突然满意地大笑着说道：

"不管怎样，我们将有两天的时间待在这个乐苑了。"

"就一日，"狄公肯定地答道，"我今日在这里会见罗县令，明日处理事务，没有多余的时间了。我们现在先回客店去吧，我得换上官服去赴那可恶的晚宴！"

回到永乐客栈，狄公告诉掌柜他今夜要去白鹤楼赴宴，吩咐他备一顶轿子停在大门口以便送他前往。他们来到了红阁子，马荣帮狄公穿上绿色锦缎礼服，戴上黑色天鹅绒礼帽。狄公看见丫鬟已拉开了床架上的红色帐帘，桌上装有衬垫的小篮里也放好了一壶茶。他吹熄蜡烛走了出去，马荣跟在后面。

当狄公锁好门欲将那把大钥匙放进衣袖时，他停了下来，寻思道："这钥匙实在笨重，带在身上多有不便，还是留在门上吧，横竖我也没什么珍贵的东西！"

他将钥匙重新插回锁孔，便和马荣向前院走去。八位轿夫已站在轿子边上等候，狄公登上轿子，点头示意马荣随他一同上轿。

轿子穿过了喧闹的街市，狄公道：

"到了白鹤楼后，你去赌馆和酒店转转，小心打听有关那个举人自杀的事，诸如他在这里待了多久，与何人来往等等，总之你能打听到的任何事。按照罗大人的说法，这是一件很简单的案子，但是任何人都无法知道自杀者的情况。我会尽早离席，假如你在那里没见到我，就去永乐客栈我的房间等我。"

轿子停在了街边，狄公和马荣走出轿子。站在街上，他惊奇地发现，眼前是座高耸的大楼。十二级白色大理石阶梯的两侧放置着高大的青铜狮子，阶梯的尽头是两扇漆着鲜艳红漆、用黄铜装饰的豪华大门。门上悬挂着一个巨大的镀金匾额，上面刻着两个黑色大字"白鹤"。这楼共有三层高，每一层皆环设配有雕花木栏杆的露台，栏杆全部镀了金，每层的飞檐下都挂着许多盏绘有雅致水墨画的绸缎灯。狄公听闻过乐苑里的富贵，却没想到竟是这般奢侈。

马荣走上前去用力敲击黄铜门环。他向神色严肃的领头仆役通报了狄公的到来。他站在那里等狄公进去后，便转身冲下了大理石台阶，消失在大街上纷杂拥挤的人群中。

# 三

受嘱托　狄公夜赴白鹤楼

恨无奈　花魁移花又接木

　　狄公来到大厅，向领头的仆役说明，自己是前来会见今晚邀请罗县令赴宴的众人的。那人向狄公深施一礼后，便带领狄公登上铺着厚厚的蓝色地毯的宽大楼梯，来到二楼的一间大厅。

　　一阵清新凉爽的空气扑面而来，狄公看见厅内放有两只黄铜脸盆，里面盛满了冰块。屋中央放着一张发亮的乌木圆餐桌，上面摆放着装有冷餐肉的瓷盘和银质的大酒杯，六把镶有大理石的镂花乌木高背椅围成一圈。窗台边，四位先生正在一张红色大理石台面的墙边桌旁悠闲地饮啜香茗，嗑着瓜子。一见狄公进来，他们都惊奇地打量着他，其中一位瘦瘦的、蓄着长长的灰白络腮胡的年长者站起身来，走到狄公面前，施礼道：

　　"您找谁，大人？"

"可是冯公？"狄公问道。见那人点头，狄公便从衣袖里拿出罗县令的委托书交于他，一面解释道，罗县令请他代赴此宴。

冯岱边躬身施礼边递回委托书，说道：

"在下系本地的里正，愿为您效劳。"冯岱逐一介绍了其他三位：戴着帽子的瘦削长者叫温元，是乐苑里最大的古董商，经营着此地所有的古董、珠宝商店。温元，一张马脸，白净微须，两颊深陷，灰白蓬乱的眉毛下，一双鼠目闪烁，显得深于世故、精明干练。不同于他的另一位年轻绅士叫陶番德，他头戴罗纱帽坐在古董商的旁边，他是乐苑里酒楼饭馆的业主。靠窗而坐的最年轻的一位叫贾玉波，眉目清秀，丰姿俊雅，正欲赴京赶考，冯岱称他为年轻举子。

狄公见诸位仪态各异、风格独特，不比一般人，便向四人转达了罗县令的歉意，并开门见山道："本人途经此处，受罗兄之托须具结三天前举人李琏自杀一案——须详文申报。只是初来乍到，人生地疏，故很想听听诸位贤达对此事的高见。"

冯里正正自为狄公一一引荐，不料狄公突然提到李琏一事，众人顿时哑然失语，一时气氛颇为尴尬。只听冯岱语调低沉地开言道：

"举人李琏自杀实在是非常遗憾的事，大人。不幸的是，这种事在我们乐苑并不鲜见，青楼寻妓失欢，赌馆豪赌破财，常有一死了结。"

"听说这李琏案与一般的青楼失欢不同，是一味地单相思。"狄公说道。

冯岱的目光迅速投向其他三人，只见陶番德和年轻举子故意躲避，低头不语。古董商温元则噘起嘴拔他的山羊胡子，他小心地问道：

"是罗县令这么说的吗，大人？"

"未及详述，由于时间紧，罗年兄只能略述大概。"

温元意味深长地看了看冯岱。陶番德用他那疲惫、忧郁的眼睛注视着狄公，不紧不慢地说道：

"这乐苑本是情天恨海、花柳世界，悲欢岂有一定？我们是在这里长大的，早已司空见惯，把它看成是一种高级的消遣、一场短暂的游戏，入则尽情取乐，出则抽身自好。可是外来的游客常常很难持有这等超然的态度，与精于此道的玩伴游戏，一不小心便会沉溺其中，酿成悲剧，能怨谁呢？"

狄公不曾想一个与酒囊饭袋终日厮混的商贾竟有如此一番透彻的见地，不由折服。他好奇地问道：

"陶公可是本地人氏？"

"回大人，在下祖籍岭南。四十年前我父亲来此定居，买下了这里所有的酒楼饭馆，经营至今。不幸的是，先父死得早，在下孩提时便知人情世故。然虽看似通达，其实孤陋，让大人见笑了。"

狄公满意地点了点头。

冯岱站起身大声道："大家入席吧！"

他请狄公就上座，自己则坐在狄公的对面。他左首是陶番德，右首是古董商温元，又点头示意年轻举子贾玉波坐在狄公右首，然后建议大伙为狄公的到来干杯。

酒过三巡，狄公见他左边的座位空着，好生疑惑，便问道：

"还有哪位客人未到？"

"是的，狄大人，一位很特殊的客人。"冯岱呵呵笑道，"少间，乐苑的花魁娘子秋月姑娘会来参加我们的宴席。"

狄公不禁大吃一惊，这个座位竟是留给一个妓女的。因为多数时候妓女只能站在一旁，或远远地坐在小凳子上，即使作为客人，也是不能入席的。陶番德见狄公半信半疑的样子，便急忙解释道：

"大人，秋月是我们乐苑的参天摇钱树、无底聚宝盆，理所当然应受到特别的礼遇。我们赌馆的那些常客，也都是因仰慕秋月一班歌舞伎而来的，她们带来了乐苑的一半利润。"

"利润的四成上缴州府。"古董商冷冷地在一旁补充道。

狄公静静地用筷子夹起一块腌鱼。他知道，这乐苑缴送至州府的税金金额确实是相当庞大，因而秋月无疑是摇钱树、聚宝盆了。

"冯相公，我猜想在这遍地金银的乐苑，要管好地方不是件容易的事吧？"

冯岱见狄公提到乐苑的治理，便得意地答道：

"在乐苑里这个并不太难，大人。卑职手下有十六名民丁，皆从当地征募，个个机警过人、武艺高强。他们身着便衣，混迹于赌馆、酒楼、妓院，随时了解乐苑里发生的一切事，这令为非作歹者不敢轻举妄动。倘有歹人寻衅闹事，他随即会被抓捕。不过乐苑外的地方就很难保证了，那里常有盗贼出没，专门打劫来往乐苑的客人。半个月前这里就发生过一件抢劫案，我们押解税金的驿车在乐苑外的树林中遭遇五名强盗，幸好有两名民丁随车，一阵厮杀后，打死了三名强盗，另外两个落荒而逃了。"他一口喝干了杯中的酒，随后问道：

"不知大人是否找到了舒适的住处？"

"我已在永乐客栈租了房间，唤作'红阁子'，非常幽静。"

席间四人面面相觑，又转而注视着狄公。冯岱放下手中的筷子，责怪道：

"店掌柜不该让您住那个房间的，大人。三天前，李琏正是在那里自杀的。我马上命人替您找一个合适的……"

"我一点也不介意！"狄公打断道，"这反而可以帮助我了解那个案子。不要去责备客店掌柜，我记得当时他想提醒我什么，但都被我打断了。告诉我，事情究竟发生在哪个房间？"

冯岱仍有些心神不定，像没听见似的。倒是陶番德谨慎地答道：

"在红卧房内，大人。门被反锁，罗大人让人破门而入。"

"难怪锁是新的。对了，既然钥匙在房内，唯一的一扇窗外面又装有铁栅栏，栏杆之间不超过一拃宽，无疑可以肯定外人是进不去的，那么李公子是如何自尽的？"

"是自刎。"冯岱此时还过神来，"那天，李公子一个人在露台外吃过晚膳便回卧房，说是要整理一些文牍和书信，叫差役不要去打扰他。过了几个时辰，差役想起忘了送茶，便去敲门。见无人应答，就走上露台从窗口张望，想看看李公子是否已经睡了，却见他仰面躺倒在血泊中。

"那差役立刻跑去报告掌柜，又跑来告诉我。我们一起到罗县令入住的客栈，请他和他的手下一同赶往永乐客栈。罗大人命人撞开门，但李公子早已断气，当即令仵作验了，便移尸道观。"

"当时可发现有无异常？"狄公问。

"没有，大人。好像只是说，李公子的脸上和前臂有些不明不白的抓痕。罗大人随后派人给李公子的父亲——著名的左相李纬经大人送去口信。李大人离任后在北面离此地六里远的一座山庄颐养。因他病重已有数月，故李公子的叔父跟信使一同前来认尸，入棺后便请人抬回祖茔安葬。"

"令李公子如此迷恋的妓女是谁？"狄公问道。

一阵尴尬的沉默之后，冯岱清了清嗓子答道：

"正是秋月，大人。"

狄公叹了一口气，正如他所料！

"李公子可像大多数失恋者那样留下什么书信与她？"

冯岱立即回答："我们在他桌上看到一沓文稿，发现最上面一页他画了两个圆，下面重复三次写着秋月的名字。罗县令传唤了秋月，她承认李公子迷恋她并坠入情网，还声称要为她赎身，但被她拒绝了。"

"我刚才恰巧碰到她了，"狄公冷冷地说道，"她看上去还因有人为她寻短见而得意哩。我想她是一个冷酷的、被宠坏的女人，因而今晚她的出现会……"

陶番德迅速说道："我希望大人念及此地特殊的背景，宽恕她的态度。这里的妓女都有这种不近人情的怪念头。假如有人为她轻生，她则立刻身价百倍；特别是有一官半职的，更会令她的名声传遍整个州府。这就会吸引许多新的客人，那些人变态的好奇心……"

"可悲，但本县可不管你什么背景！"狄公不悦地打断了他的话。

此时仆役托了一大盘烤鸭进来，狄公尝了一块，味道确实不错。这点，起码他的朋友罗县令没说错。

三个丫鬟走进来向他们鞠躬行礼，一个操琴，一个持鼓，当她们两个在靠墙的小凳上坐下后，第三个美貌诱人的女子便来到桌前为众宾客斟酒。冯岱介绍说她名叫银仙，是秋月的徒儿。

贾玉波一直显得异常沉默，此刻看上去却很兴奋。他先与银仙调侃了一番，然后与狄公谈起了古诗民谣。抱琴的女子开始演奏一首轻快的乐曲，她的同伴用手掌击鼓打着拍子，当乐曲结束时，狄公听见古董商恼怒地问：

"为何假装正经？"

他看见银仙满脸通红，正试图躲开这个老古董商——他的手已伸进她宽大的衣袖里。

"时间还早哩，温公。"年轻举子机灵地说道。

当温元快速抽出手时，冯岱大声叫道：

"银仙，给贾相公倒满酒杯！他就快要结束快乐的单身生活了。"他转而对狄公说道，"大人，我很高兴告诉您，几天后，由这位陶员外做媒，玉波将和我的独生女玉环订婚。"

"让我们为他们干杯！"陶番德高兴地大声说道。

狄公正要向年轻举子祝贺时，突然停住了，他惊愕地打量着出现在门口的神色傲慢的女子。

她身穿一件紫色锦缎长裙，上面绣有金色的飞鸟和花卉，宽大的紫红色腰带系在腰间，更突出了她纤细的腰身和丰满的胸部。满头秀发高高地盘成一个发髻，长长的步摇插在发间，步摇首端镶嵌有一颗大红宝石。精工雕琢过般的耳垂上悬着一副翡翠耳环，漂亮的鹅蛋脸经精心装扮后愈发轮廓分明、楚楚动人。

冯岱热情地欢迎她。她敷衍地点了点头，随后目光迅速地扫视了一下席间，皱着眉问道：

"罗大人还没有到吗？"

冯岱连忙解释，罗县令因故不得不离开乐苑，这位邻县的狄大人前来代他。他请她坐在狄公的旁边。狄公见秋月到来，心想自己也该与她和睦相处，顺便可以打探一些有关李琏的事，于是高兴地说道：

"现在我们已正式认识了，今天我可是太幸运了！"

秋月冷冷地瞟了他一眼。"斟酒！"她朝银仙厉声道。银仙不敢怠慢，赶紧上前给她斟了满满的一杯，秋月拿起，一饮而尽，即又令倒满。然后她小心翼翼地向狄公询问道：

"罗县令没有托您给我传什么口信吗？"

"他要我转达他的歉意给在座的各位，当然也包括你。"狄公有些疑惑不解。

她没有答话，只是静静地注视了一会儿自己的酒杯，渐渐皱起了眉。

狄公注意到，在座四人正焦急地看着她。她突然抬起头朝着两个乐手大叫道：

"你们两个别像傻瓜一样坐在那里！快演奏，叫你们来就是来助兴的！"

两个吓坏了的女子开始弹奏，秋月又拿起酒杯，一饮而尽。

狄公留心观察他美丽的邻座，发现她的脸部表情愈发显得痛苦。看来，她的心情坏透了。她锐利的目光飞快地瞥了一下冯岱，冯岱急忙避开，转身与陶番德嘀咕去了。

狄公突然完全明白了。在露台上她曾经告诉他，她将成为一位富有的官太太，原来罗县令就是这位大官，而且据说他拥有数目可观的私人财产。很明显，一定是他这位多情的同僚在调查李琏案时，迷上了秋月，一时没留神竟轻率地答应要为她赎身并娶她。这就解释了他为何如此仓促，甚至是偷偷地逃避开了。紧急公务？！确实如此！聪明的县令应该很快就发现这点：秋月是个野心勃勃且毫无同情心的女人，她会利用他与她——一件公案的重要证人——所发生的性关系的事实，毫不犹豫地施压于他。难怪他要急着离开乐苑！可是这个该死的家伙却让自己陷入了最尴尬的境地。冯岱他们四人当然知道罗县令的浪漫史，所以邀请了秋月，可能这宴席还是为庆祝秋月从良而设的呢。当得知罗县令早已逃之夭夭时，可能他们都吃惊不小。他们也一定明白罗县令巧施金蝉脱壳之计，而狄公这位被委托人成了一个十足的傻瓜！眼下，他只能硬着头皮收拾这局面。

他给了秋月一个和蔼的笑容，并说道：

"适才我听说举人李琏的自杀与你有关，真所谓佳人风情最难挡。"

秋月侧眼瞥了他一下，面露喜色道：

"多谢大人赞美。确实，李公子是一个有个性、有魅力的人。他给了我一小瓶香水作为分别礼物，置放在一个信封内。信封上还写了一首甜美的诗，就在他离开这世间的那天晚上特地送到我宅邸来的。他知道我喜欢贵重的香水。"她叹了一口气，然后忧郁地继续说道，"我应该多给他一些鼓励的，毕竟，他很体贴，也很慷慨。我还没有时间打开信封，不知道是什么香水，不过他应该知道我喜欢麝香或天竺香的。当他要离去的时候我曾问过他，但他没有告诉我，只是说'务必将这封信送至目的地'。那好像是指我，他没有在开玩笑啊！您认为什么样的香水适合我这种人，檀香还是麝香？"

狄公正想如何精心地赞美她时，却被桌子另一边传来的扭打声给打断了。只见银仙给老古董商斟满酒后，又竭力试图将他的手从自己的胸部推开，不料不慎将酒水泼了他一身。

"你这蠢货！"秋月对她叫嚷着，"你就不能再小心点吗？你的发髻总是歪斜的，还不赶快去梳妆间理妆！"

花魁娘子若有所思地看着这个惊恐的小女子急匆匆地走出门去，然后转向狄公害羞地问道：

"您能为我倒满酒吗，作为特别的礼物？"

倒完酒，他注意到，她双颊绯红，应是烈酒在她身上起了作用。她用舌尖润湿嘴唇，朝狄公嫣然一笑。很明显，她的心思已不在这里。她啜饮了几口后突然站起来说道："请大人原谅，我即刻回来！"

她走后，狄公试图与贾玉波闲聊，但那年轻的举子重又愁眉不展。席间一道道菜肴不断送上，众宾客都吃得有滋有味。两位乐手演奏了一些时新的曲调，狄公不喜欢这种新花样的乐曲，但对菜肴还是十分满意的。

最后一道鱼上来时，秋月回来了。只见她容光焕发、精神倍增，经过古董商的身旁时，还与他耳语了一番。秋月重又坐到狄公旁边，用扇子嬉戏地拍打着他的肩膀，对他说道："今晚真是愉快！"

她将头靠在狄公的手臂上，故意靠得那么近，使他可以闻到她秀发间散发出来的麝香味。她柔婉低语道："可要我告诉你，为何在露台上时我那么粗率无礼吗？因为我不愿承认当我见到你的第一眼时就喜欢上你了。"她久久地注视着他，又说道，"而你也不是不喜欢我，对吗？"

当狄公还在思索着怎样回答她才好时，她紧紧攥住他的手臂，快速地继续说道：

"真高兴能遇到像您这样充满智慧和富有经验的男子。您不知道那些妄自尊大的后生小子多么让我厌烦啊！遇到像您这样成熟的人真是令人宽慰。"她害羞地望了他一眼，然后垂下眼帘。

这时温元从椅子上站起来准备离席，说是与一重要客人有约，便告罪说要先退席了。

秋月此时又与冯岱和陶番德说笑起来，尽管她连续喝了那么多杯，言语并未含糊不清，回答也都在点子上。后来冯岱说了个笑话，她突然手捂前额哀怨地说道：

"我喝得太多了！各位准我先离席吗？这是最后一杯了！"她拿起狄公的酒杯慢慢地啜饮，行过礼，便离去了。

看到酒杯上秋月留下的红唇印，狄公感到恶心。陶番德淡淡地一笑，在一旁开腔道：

"您已经给我们的花魁娘子留下了很深的印象了，大人。"

"她不过是礼貌地对待一位陌生客人。"狄公回答道。

贾玉波声称不太舒服，也告辞了。狄公有些沮丧，因为他意识到短时间内他无法先行离席。假如他马上离开，其他人会猜想他是寻秋月去了。她用他的酒杯已经是一个很明确的邀请了。那个可恶的罗大人害他陷于这尴尬的境地！他叹了一口气，用完宴席的最后一道甜羹。

# 四

撞运气　马荣赌厅遇虾蟹
探虚实　民丁细细道由来

马荣在白鹤楼门前与狄公分手后，沿着大街一路闲逛，嘴里哼着轻快的小曲，很快就找到了乐苑里最繁华的大街。

各色人等在横跨街道的装饰得五彩缤纷的拱门下川流不息，赌馆高大的门前可见挤进拥出的喧闹人群，因此糕点面食摊的小贩不得不扯开嗓门高声叫卖。每当喧闹声稍微减弱些时，便可以听到赌馆大厅入口处的壮汉摇动一个大木盆里的铜钱所发出的当当声。这声音整夜不停，因为据说这是吉祥之声，会给人带来好运，当然，这也吸引了不少客人。

马荣走到最大赌馆的厅门旁边，在一个高大的木制台前停了下来。台上堆满了盘子和碗，里面盛放着糖果和蜜饯果脯。上面的台架上放着一排排纸糊的房子、马车、轮船及各种家具，另外还有一堆纸做的衣服。这是从农历七月初便搭起的一个祭坛，专为那些死后仍游荡于人间的灵魂而设。祭事持续整个鬼节，幽灵们可以来品尝这些食物，或从这些纸质用品中挑选他们来世所需要的东西。一到七月三十，也就是鬼节的最后一天，食品将分发给穷人，而祭坛和纸制物品则会被焚烧，烟雾将带着被选的物品去它们神秘的终点。鬼节提醒人们，死亡不是最后的分离，因为去世的人每年都会回来一次，与他们亲近的人待上一阵子。

马荣赞叹完这些布置，咧着嘴对自己笑道：

"彭叔的灵魂不会在这里吧！他可不太喜欢吃甜食，但一定长于赌博，在他的节日里，看看他留给我的两个金锭就一定会交好运。我打赌他的灵魂正游向那张桌子，没准会给他年轻的侄子一些有用的提示呢！"

他走进大厅，付了十个铜钱便来到大厅中央围着密密人群的大赌桌前，这里正开着最常见的赌局，即赌客来猜碗下所压铜钱的准确数目。他驻足观看了一会，就挤出人群上了后面的楼梯。

在楼上的大房间里，赌客们围坐在大大小小的赌台前，正玩着发叶子或摇彩骰的赌局。来这里的赌客个个穿着讲究，马荣发现一张桌子前还坐着两位头戴官帽的玩客。房间背面的墙上悬挂着一块红色招牌，上面书写着十个黑色大字："输赢盘盘清，结算须付金。"

正当马荣心中盘算着究竟要加入哪个赌桌才好时，一个小驼背从他的侧面过来。他身着整洁的蓝色衣裳，与身材不相称的大头顶着一头蓬乱的灰发，一对珠子般发亮的小眼睛打量着身材高大的马荣。他朝马荣尖声叫道：

"想赌的话，必须先让我看看你带了多少银子。"

"与你有何相干？"马荣气愤地问道。

"相干！"一个深沉的声音从他背后传来。

马荣转过身去，正与来者打了个照面。此人个子与他一般高，可胸部圆得像个桶，而他的大头看上去就像是从他宽阔的肩膀上直接长出来似的，突出的胸脯像是螃蟹的壳。他稍稍凸出的眼睛上下打量着马荣。

"你是何人？"马荣奇怪地问道。

"我是大蟹。"大个子声音疲惫地解释道，"这是我的伙计，小虾。有什么需要我们效劳的吗？"

"你们有盐吗？"马荣问道。

"没有。要盐做啥？"

"那样我就可以把你们两个一起放在开水里煮了，好让我美餐一顿呀。"马荣傲慢地回答道。

"取笑我？你说呢，"大蟹装作可怜巴巴地问驼背者，"我可不把他当回事。"

小虾没有理他，只是抬头望着马荣，尖声问道：

"你看不懂吗？那边的招牌上写着输赢必须现金结清，为了不让大家扫兴，新来的客人若未带足现钱，不许开局。"

"这倒也在理。"马荣勉强地同意了，"你们俩属于这里？"

"我和小虾是冯里正的民丁，专管乐苑的治安。"大蟹温和地说道。

马荣用疑惑的目光注视着这不相配的一对，然后弯下腰从靴子中拉出他的官署牌符递给大蟹，并自我介绍道：

"我是浦阳狄县令的手下，大人现正代理金华衙署事务，我想和你们谈谈。"

两个人仔细察看了牌符后，大蟹将它还给马荣，叹息着说道：

"好吧，马爷，咱们坐到外面的露台上，用些茶饭。"

他们三人坐在露台的一角，从那里大蟹可以观察到房间里的所有赌客。不一会，仆役端上一个盘子，将炒饭和三壶酒放在了桌上。

一番寒暄之后，马荣得知大蟹和小虾均系本地人氏，当听到大蟹是个拳术高手时，马荣更是立刻兴趣十足地与他讨论起各种拳术搏击的优劣。那个小驼背由于插不进他们内行的交谈，便专注于狼吞虎咽那盘炒饭，眼看盘子里已所剩无几了。马荣拿起酒杯，喝了一大口，靠在椅子上轻拍腹部，心满意足地说：

"现在第一步已经顺利完成了，再说我也该着手处理公事了。关于李琏公子的自杀案，二位知道些什么吗？"

大蟹迅速与小虾交换了一下眼色，小虾道：

"这就是大人要你打听的？好吧，告诉你个大概。李琏公子这次来不管是开始或结束，都不太顺利，但我想这期间还是有很多乐趣的。"

突然屋里传来一阵吵闹声，大蟹立刻站起身，尽管身形如此笨重，但他却身手矫捷地迅速进到屋里。小虾一口喝干了酒，继续说道：

"事情是这样的，十天前，也就是十八日，李琏公子和他的五位朋友从京城坐大船来到此处。他们在船上花了两天时间，每天从早到晚都是在觥筹交错的欢宴中度过的，连船夫也食了剩下的酒宴残羹，所以全都喝醉了。那天正好起了大雾，他们的船撞坏了我们冯里正的船，船上坐着冯里正的独生女，她是从居住在上游的亲戚家中准备返家的。船撞得很厉害，一时无法起程，李琏公子不得不拿出一笔可观的款子赔偿了事！这就是为什么我说他这次来一开始就不顺利的缘故。后来他和他的朋友到了永乐客栈，他自己便住进了红阁子。"

"那正是我们大人住的地方！"马荣不禁惊叫起来，"不过他不怕鬼。我猜想李公子就是在那儿自杀的。"

"我没有说自杀，也没有提到鬼。"驼背直截了当地答道。

大蟹回来，正好听到他们最后一句话，便道："不要这样若无其事地谈论鬼。"他重新坐下，又道，"李公子不像是会自杀的人。"

"为什么？"马荣奇怪地问。

"因为，作为一名民丁，我在这里的赌桌前观察过他。无论大输大赢，他都无动于衷、泰然自若，根本不像那种自裁者。"小虾答道。

"我们在这里已有十年了，见过各种各样的人，对人也算是颇有了解。像那个举子贾玉波，每次在这里输了钱便发火，此类人物，稍一不慎，便有轻生之举。而李琏公子绝对不是这类人。"大蟹补充道。

"听说他迷恋上了一个烟花女子。"马荣又说，"女人常常让男人变成傻瓜，有时，当我想起我曾经为她们做过的蠢事……"

"他绝不会自杀。"大蟹呆板地重复道，"他是个冷峻精明的家伙，假如遭女子抛弃，他只可能用卑鄙的手段对付她，而不是自戕。"

"那么说，是谋杀了？"马荣冷冰冰地说道。

大蟹吓了一跳，忙问小虾：

"我可没有提到谋杀二字，是吗？"

"没有！"驼背肯定地答道。

马荣耸了耸肩问道："他迷恋哪个女子？"

"在乐苑逗留的七天里，他与花魁娘子过从甚密。"小虾说，"但他与前面那条街的石榴、玉兰和牡丹也有往来。他可能与她们只是逢场作戏罢了——这你可得要去问那些女子了，而不是问我，我也没有封住她们的嘴。"

"那一定是一次有趣的调查！"马荣大笑道，"不管怎么说，他们曾共度过好时光。后来还出了什么事？"

"三天前，也就是七月二十五日的早晨，"小虾继续说道，"李公子租了条船，送他的五位朋友回京城。随后他自己回到了红阁子，一个人在那里用了午膳，整个下午他都在自己的房间里。这是他第一次午后不去赌局，也是第一次独自用晚膳，然后就把自己锁在屋里，几个时辰后被发现割了脖颈。"

小虾忧郁地搔了搔他的长鼻子，继续说道：

"这绝大部分都是传说，你听过便罢了。我们亲眼看到的只是，古董商温元那天晚膳过后去过那间客栈。"

"他见过李琏公子？"马荣急切地问道。

"官府的人总是喜欢教人说话，是吗？"驼背哀怨地问大蟹。

"这是他们的习惯！"大蟹耸耸肩无奈地答道。

"我说，朋友，是我们看见温元去了客栈，这就是全部的事实！"小虾耐心地解释道。

"这么说，除了外边来的客人外，你们二位还要观察所有的当地人？那你们可不是要忙坏了！"

"我们不需要注意所有的当地人，仅仅是监视温元。"大蟹道，小虾确定地点了点头。

"在这里，三大商贾收受着乐苑带来的巨额利润，"大蟹继续说道，并用他凸出的双眼盯着马荣，"第一，赌馆妓院，是我们冯老爷的产业；第二，饭庄酒楼，是陶员外的产业；第三，珠宝买卖，那是温员外的产业。这三家一向坚守着紧密连在一起的原则。例如，有人在赌馆赢了大钱，我们会给陶员外和温员外的人传送消息，这人可能会办一个奢华大宴，也可能去收购一件古董——当然可能是件精致的赝品。相反，若有人在赌局输得很惨，我们便会去了解看他有没有什么漂亮姑娘或丫鬟可以卖，如果没有，温员外的人便会与他打交道，看看他是否有好的古董想要转让。如此这般情形，你自己可以去想象。"

"听上去倒像是个商行什么的！"马荣评论道。

"完全正确。"小虾同意地答道，"这样，我们这里就有了冯、陶、温三大家。我们的冯老爷是个正直诚实的人，因此被官府任命为乐苑的里正，这给了他参与事务的机会，也使他成为三大家中的首富；但他也必须为乐苑的繁荣效力，你说是吗？如果里正是个诚实可靠的人，这里的每个人都会获得丰厚的利润，客人也会心满意足，因为除了傻子，没人愿意被欺诈。如果里正是个不诚实、不可靠的人，利润再高，却是中饱私囊，这样乐苑很快就会毁了。幸好冯老爷是个正直的人，可惜他膝下无子，只有一个女儿，故若他有个三长两短的话，职务就要交给其他人了。陶番德像个文人学士，不喜欢管闲事，因而不可能去做里正。现时，你该了解三大家中的冯老爷和陶员外了吧。我没有提到温元，是吗，大蟹？"

"没有！"大蟹声音粗哑地答道。

"你告诉我这些是何用意？"马荣郁闷又不解地问。

"他这是让你明了大致的情况。"大蟹答道。

"是的！"小虾满意地说道，"据我观察而述，因为你看上去是个好人。马爷，我再告诉你一些我听到的情况。三十年前，陶番德的父亲，名叫陶匡，也是在红阁子里自杀的，当时的情形也是窗户上钉有铁条，房门从里面反锁着。就在那天夜里，有人看见温元在客栈附近出现，和这次的状况一样，这真是巧合。"

"太好了！"马荣兴奋地叫了起来，"我要去告诉我们大人，今夜他将在他的房间里对付两个鬼。好了，现在公务已处理完毕，我想再拜托二位一件私事。"

大蟹叹了口气，不耐烦地朝小虾道：

"他要找一个女人。"他朝马荣道，"老兄，你可以去前面那条街上的任何一家，那里有各种各样的，嬛腴胖瘦、各式技艺的皆有，你自己去找吧！"

"正因为你们这里有各式各样的，"马荣解释道，"我想找个特别点的。本人系泗洲临淮郡人氏，今晚想找个同乡姑娘。"

大蟹厌恶地朝小虾翻了翻他的圆眼珠：

"饶了我吧，我都快要涕泗横流了，一个同乡妹！"

"是的，"马荣有些不自然地答道，"我已有好几年没有与家乡姑娘亲热了。"

"他有说梦话的坏习惯。"大蟹对着小虾评论道，而后又继续对马荣说，"可以，你去南角上的青楼，告诉那里的老鸨，就说我们要她给你找银仙。她也是临淮人，是个上等妓女，而且温柔善良，歌也唱得好，拜师于此地之前的名妓凌姑。但我猜想你对音乐不感兴趣。时下她正在白鹤楼侍宴，午夜时候再去青楼施展你的花言巧语吧。还有什么需要我们帮忙的？"

"没有！不管怎么说，要谢谢你们的消息。不过，听上去你们俩对女人不太感兴趣。"

"是的，一个糕饼师会要吃他自己做的糕点吗？"小虾道。

"对的，可能不是每天吃，"马荣认同道，"但我猜想时不时也要吃上一点，看看他的存货是否变味了。我说，没有女人的生活是会有些枯燥的。"

"可是我们有南瓜。"大蟹声音粗哑地说道。

"南瓜？"马荣疑惑不解。

大蟹重重地点了点头，并从长袍的翻领里拿出一根牙签，剔起牙来。

"我们种的。"小虾解释道，"大蟹和我在乐苑西边的河旁拥有一间小屋，屋后有一块肥田，我们在那儿种了南瓜。每天黎明时我们从这儿回家，先去南瓜地浇水，再去睡觉。下午醒来时便先去地里除草、浇水，再回到这里。"

"每个人都有自己的兴趣和爱好，不过种南瓜对我来说有些单调。"

"你错了，"大蟹认真地说，"你应该看着它们成长！从来没有两个完全相同的南瓜。"

"告诉他十天前我们浇水时的情景，"小虾漫不经心道，"那天早晨我们发现了南瓜叶子上的毛毛虫。"

大蟹点点头，捏玩着手上的牙签，然后道：

"就是那天早晨我们看见李公子的船到达岸边的，因为码头正对着我们的南瓜地。当时古董商温元和李公子站在树后，像是密谈了很久。李公子的父亲曾向温元买过很多古董，所以李公子认识他。但从他们的样子看来，我不认为他们是在谈古董生意。你瞧，马爷，我们从没忘记自己的职责，即使是休憩时间，即使是毛毛虫正在侵害着我们的南瓜。"

"我们对冯老爷忠心耿耿，"小虾道，"我们吃他的饭已经有十年了。"

大蟹扔掉手中的牙签站起身来。

"时候尚早，还可以去玩一圈，"他朝马荣问道，"你准备下多少赌注，马爷？"

花魁亡　红阁赫现裸尸案

狄公叹　疑案一桩又一桩

　　马荣与三个一脸严肃的米商玩了几圈牌。他运气不错，拿了几副好牌，但心里却不喜欢这玩牌游戏，而想找更刺激、更摄人心魄的赌局。起初他赢了几把，接着又都输了，看来是该走了。

　　他与大蟹、小虾道了别，一路闲逛回到白鹤楼。

　　那领头的仆役告知他，冯里正的宴席已近尾声，其中两位已先行离开了。他请马荣在柜台边的长凳上坐下来喝茶。不久，狄公与冯岱、陶番德一起从酒楼上下来。冯、陶二人送狄公上轿时，狄公对冯岱道：

　　"明日早膳后，我自去你官署正式办案。你务必为我准备好有关李琏自杀案的所有文书。我要仵作也到场。"

　　马荣扶狄公上轿。

一路上，狄公告知马荣一些有关李琏自杀案的传言。他故意隐去罗县令和秋月的风流韵事。

"大人，冯岱手下的差役并不这么看。"马荣不慌不忙道。他复述了大蟹与小虾告知他的那些细节。话未说完，狄公不耐烦地说：

"你那两个'水族'朋友错了。难道你忘了我曾告知你的，房门是从里面锁上的？你也看见了窗户上装有铁栅，没有人能从那里进去。"

"但这不是个奇怪的巧合吗，大人？三十年前，陶番德的父亲陶匡也是在这红阁子里自杀的，而那古董商温元恰恰也到过那里。"

"我看你那两个'水族'朋友因为对冯岱的敌手温元心怀不满，而故意胡乱地加罪于他。他俩显然是存心要找那古董商的麻烦。今夜我见过温元，他确实是个卑鄙的老东西，因此他与冯岱的钩心斗角倒不出我的意料，但我无从想象由他来取代乐苑里正一事。而谋杀完全是另一回事！他为何要杀李琏？他不是正需要他的帮助以便取代冯岱吗？马荣，你那'虾蟹'朋友说的不是自相矛盾吗？我们不必介入这些是是非非。"他将着胡须沉思片刻，继续说道，"冯岱的两个手下告知你有关李琏在乐苑逗留期间的行踪，这倒构成了一个完整的故事。我见到过李琏为之自杀的那个女子。真倒霉，我已碰到她两次了。"

狄公想起在红阁子露台上的事，说道：

"李琏虽然才识渊博，但在判断女人方面还不是高手。尽管花魁娘子美貌动人、勾魂摄魄，可她性情冷酷、喜怒无常。幸好今夜宴席她只待了片刻。那菜肴确实不错，而且我与陶番德及那后生贾玉波谈得很投机。"

"贾玉波真是不幸。他的所有钱财都输在赌桌上了，而且是一场赌局便输光！"马荣议论道。

狄公竖起眉毛。

"那就怪了！冯岱告知我贾玉波很快就要娶他的独生女儿了！"

"这好！那岂非男子夺回所失钱财的妙法！"马荣大笑道。

他俩在永乐客栈门前下了轿，马荣在柜台上拿了蜡烛，两人穿过院子和后花园，回到红阁子。

狄公推开客厅的雕花大门，忽然停住脚步，指着红阁子左侧卧房门缝中透出的一束亮光，低声对马荣道：

"真奇怪！我明明记得出去前曾熄灭蜡烛。"他俯身又道，"我留在门锁上的钥匙也不见了。"

马荣将耳朵贴在门上。

"里面没有动静！我敲门如何？"

"我们先从窗户上往里看看。"

他俩经客厅进到露台，踮起脚尖往窗内望去。马荣不禁叫出声来。

卧房内床架前的红地毯上，躺着个裸身女子。她仰卧着，大腿和手臂上均有抓痕，头背对着他们。

"死了吗？"马荣低声问。

狄公将脸贴近铁栅道："胸部已没有起伏了。瞧！钥匙还插在门锁里。"

"这是该死的红阁子里发生的第三起自杀案了。"马荣沮丧地说。

狄公喃喃说道："我不能肯定这一定是自杀。我见她颈脖处有青紫伤痕。马上去官府，请冯岱来！不过别说起这里所发生的一切。"

马荣冲了出去。狄公又朝卧室内望去，红色床帘正如他出去时那样拉开着，枕边放着一件折叠好的白色衣服，床边椅子上也堆放着折叠整齐的像是女人的服饰，床前放着一双小巧的绸鞋。

"一个可怜又自负的女人！"他低声自语道，"她曾那么自信，可如今却死了。"

狄公转身离开窗户，在露台栏杆边坐下。花园那头的酒楼里，宴席正趋高潮，不时传来阵阵欢声笑语。仅仅数小时前，她还站在那栏杆处，卖弄她妖娆的体态。狄公回想，她是个爱慕虚荣又矫揉造作的女人。不过，这话对她来说又太苛刻了，因为错误并非全在她一人身上。青楼中对于美貌、性爱与金钱的追求，必将使人堕落，至少也使人多少有些变态吧。这乐苑花魁娘子就是个极其可悲的牺牲品。

冯岱的到来打断了狄公的沉思。冯岱与马荣、客店掌柜以及另外两个汉子一起进到露台。

"大人，出了什么事？"冯岱急切地问道。

狄公指指窗户，冯岱与掌柜上前去，探头一望，不禁倒吸一口冷气。

狄公站起身来，对里正命令道："叫你的人打开房门！"

客厅里，冯岱手下的两个汉子用身体撞门，未见门开，马荣上前帮了一把，门闩霎时断裂开来。

"站在原地，别动！"狄公命令道。他跨过门槛，开始检查倒卧在地的尸身。秋月白皙的身体上未留下一处外伤与血迹，但她死前一定非常痛苦，因为其面容可怕地变了形，眼睛呆滞地凸出来。

狄公再走几步，在死者身边蹲下，将手放在其左胸——身体还略有热气，想必刚死不久。他为她合上眼睑，又检查了她的颈脖，发现两侧有青紫肿痕，似被掐过，却又未留下指甲印。他又仔细检查一遍尸体，并未找出任何暴力痕迹，仅在其前臂发现有几条长长的抓痕，似乎是新留下的；因为之前在露台里，看到她几乎裸露的身体时，并未发现这些抓痕。他将尸身翻转过去，但见其匀称的背部也未有任何伤痕。最后，他又检视了死者的手，那精心修饰的长指甲完好无损，仅在尸身下的红地毯上发现少许毛发。

狄公站起身环视整个卧房，未见任何搏斗的迹象。他示意其他人进入卧房，对冯岱道：

"秋月在宴席之后即来此处，动机甚明显，显然她移情于我，希望来这里与我共度今宵。她曾经误以为罗县令会为她赎身，等发现这是个误会之后，便一厢情愿地认为本县会这么做。当她在这红阁子卧房等我回来时，肯定忽然出了什么事。我们暂时称之为意外死亡吧，因为本县认为没有人能够进入这间卧室。叫你手下人将尸体移至你的官署，做一番检视。明日午前，我将去你官署处理这起案子。也传温元、陶番德与贾玉波到场。"

冯岱走后，狄公向客栈掌柜问道：

"你们有谁看见她进这客栈？"

"大人，没有人见过。不过从她宅邸到这露台有一条捷径。"

狄公走近床架，抬头向帐顶张望，发现它比通常的要高许多。他又轻轻拍打背面墙板，未听到空洞声。他转身对两眼死死盯着雪白尸体的掌柜厉声道：

"别站在那里干瞪眼！大声说，这个床架上有没有什么窥孔或可疑机括？"

"当然没有，大人！"他又看了看死者，结结巴巴道，"先是李琏公子，现在又是花魁娘子，我……我不明白是什么……"

"我也不明白！"狄公朝他喝道，"这卧房隔壁是哪里？"

"大人，没有！也就是说，没有其他房间，仅仅是外墙和外边花园。"

"过去这红阁子里是否出过怪事？老实说！"

"大人，从来没有！"掌柜哀诉道，"我接管这客栈已有十五年光景，有几百位客官在此住过，从未听说有人抱怨过。我不知道这是怎么一回事……"

"你去拿住宿登记册给我。"

客栈掌柜匆匆跑开。冯岱手下的人拿了担架过来，用毯子将尸体裹住抬了出去。

与此同时，狄公将那件紫色长袍搜索一遍，除了内有盥洗袋一个、梳子一把、手巾一条之外，未发现什么东西。这时，客栈掌柜拿了登记册回来。"放在桌上。"狄公朝他大声命令道。

狄公走至桌前坐下，疲惫地叹了口气。

身材高大的随从马荣打桌上竹兜里拿起茶壶，为狄公倒了一杯茶。马荣指着另一个杯口有粉红色唇印的杯子漫不经心地说道：

"秋月猝死之前一定独自用过这茶，因为适才我倒茶的那只杯子是干的。"

狄公突然放下茶杯，对马荣道："将这茶倒回茶壶里。叫掌柜找一只病猫或狗，让它喝喝这茶。"

马荣走后，狄公将登记册摊开，一页页翻看起来。

没多久，马荣就回来了。他摇着头道：

"大人，这茶没有问题。"

"这就麻烦了！我原以为有人曾与她在一起，此人离开之前将毒药放入茶中，然后她将自己锁在屋里，喝了茶。这是她死因的唯一合理解释。"

他靠在椅背上，郁郁不乐地捋着胡须。

"那么她颈脖两侧的青紫肿痕又该如何解释呢，大人？"

"那只是表面上的肿痕，皮肤上并未留下指甲印，仅仅是有点青紫而已。那可能是由于某种不知名的毒药所引发的。不过，可以肯定的是，并非有人企图对她施暴。"

马荣忧郁地摇着大脑袋，心神不安地道：

"大人，那她究竟出了什么事？"

"我们已经发现她手臂上的细长抓痕，其原因不明，就像李琏公子手臂上发现的一样。他与秋月都死在这间红阁子卧房，其间必定有某种联系。这真是奇怪之至！令我生烦。"他捋着络腮胡子，沉思片刻，随后站起身继续说道，"马荣，适才你走开时，我仔细查阅了这本登记册上记载的住客。在过去两个月里，约有三十来人或长或短住过这红阁子，其中绝大多数住客的名字边上写有女人的名字以及用红笔记下的数目，你可知那是为何？"

"这很简单！那是说某个住客与某个女子在这里过夜。那数目是过夜女子付给客栈掌柜的报酬。"

"明白了。对了，李琏来此第一夜，即七月十九日，是与一个叫牡丹的女子一起在这里过夜的，接下来的两夜是玉兰，二十二日、二十三日是石榴。他死于二十五日夜里。"

"白白浪费了一夜！"马荣惨淡一笑。

狄公似未听见马荣的话，继续思索道：

"奇怪的是这儿未见秋月的名字。"

"午后不也是大好时光！那些男人会费尽心思以午茶等手段去约她。"

狄公合上住客登记册，目光将卧房四面扫了一遍。然后起身走至窗前，用手摸了一下铁栅，又检查了窗框。他开口道：

"这窗户不会有什么问题，没人能从这里进来。我们可以排除凶手从这窗户进来的可能，因为她躺的地方离窗有十尺之远。她仰卧在地，脸朝着门，而不是窗。她的头微微左倾，朝着床架。"狄公沮丧地摇摇头，又道，"马荣，你现在最好先去睡觉。明日天亮时分，我要你去码头，找找冯岱家船掌舵的，问问他两船相撞的经过。另外，仔细打听一下李琏与古董商温元见面的情形。根据你那两位南瓜朋友提供的情况，李琏与温元曾在那里见过面。我再去察看一下床架，之后也要去睡了。明日够我们忙的了。"

"大人，您不会是要在这屋里睡觉吧？"马荣呆呆地问道。

"当然要睡！"狄公不由火起，道，"如此，我方可查实问题是否出在这卧房里。赶快去找个宿处安歇吧。"

马荣想了片刻，刚要争辩，却只见狄公一脸执意坚决的神情，他意识到再说什么也没用，便施礼离开了。

狄公双手背在身后，独个儿站在床架前。他见罩在床垫上的薄丝绸有些皱痕，便用手摸了一下，感觉有些潮湿，又俯身用鼻子嗅了嗅枕头，觉得有一种在夜宴里似曾相识的女子发间的香味。

他很容易想象出开始时的情形。秋月回到自己的私宅匆匆打扮一番后，就从露台进到这红阁子。她可能原本打算在客厅里等他，但见卧室门上插着的钥匙后便想，在卧室里等他也许更富戏剧性。她倒了杯茶喝，然后脱去外衣，折叠好置于椅子上，再脱下内衣放在枕边的床架上。她坐在床边，脱去绸鞋，整齐地放在地上。最后她躺下来，等待他的敲门声。她一定躺了一段时间，以致背脊的汗弄皱了丝绸床单。他无法想象这以后出了什么事。一定是有什么事让她非常平静地离开了床，因为假如她是匆忙跳下床的，那么枕头和床单应该会被弄得很凌乱。她站立在床架前时，不知出了什么可怕的事。他想到这女人扭曲的脸上那令人毛骨悚然的神情时，不禁蓦地打了一个冷战。

他将枕头推向一边，掀开床单，只见底下是编织得很密的芦苇床垫与木铺板。

他走至桌前，拿了蜡烛，站立在床上，发现他的头刚好碰到帐顶。他用指关节轻轻敲打，却没有听到空洞的声音。他又敲打床架的背面，皱着眉怒视着墙板上一组色情画作。随后，他将帽子向后推去，从顶髻中拉出发簪，用发簪在木板槽之间撬动，却没有发现什么秘密窥孔。

真是想不通！狄公叹了口气，走下床。他理着胡须，重又注视着床架，一阵不适感袭上心来。李琏与秋月身上均有细长抓痕。这是一幢年代久远的房子，屋里是否有些奇怪的动物？他想起他曾经在书上读到过大房子的……

他迅即将蜡烛放回桌上，小心翼翼地摇动床帘，然后跪在地上，扫视床底，却不见一点灰尘和蜘蛛网。最后他掀起红地毯的一角，下面的地砖亦一尘不染。这证明李琏死后，房间已被彻底清扫过了。

"可能是一些怪兽从窗户铁栅处进来了吧。"狄公喃喃自语道。他来到客厅，拿了马荣置于长椅上的长剑，走至露台，用长剑在紫藤丛中刺戳，又用力摇晃那些宽大的叶子，但除了蓝色花瓣随之落地外，再没有其他什么了。

狄公回到红阁子卧房，关上门，又拖过屋子中央的桌子顶在门前，然后解下腰带，脱下外袍，折叠好并置于梳妆台前的地上。他确信，两支蜡烛可以点一个通宵。他又将帽子置于桌上，就地躺下，头枕着长袍，将出鞘的长剑置于身边，右手搁在剑柄上。他可是个易醒的人，只要有一丁点声音，就会被吵醒。

惹祸根　银仙青楼遭荼毒

勇搭救　马荣他乡遇同乡

马荣向狄公道了晚安后，便来到客栈大厅。厅里六名仆役围成一堆，小声议论着这刚发生的惨剧。他用手拉住一名看相貌十分聪慧的年轻人，让他指点往厨房去的门。

那仆役带他走出临街的大门，来到大门左面，那里用围栏围着，两人从一个竹门里走了进去，只见右边是客店院子的外墙，左边是个荒芜的园子，从远处一堵墙内不时传来盘盏的叮当声与潺潺流水声。

"那便是客栈厨房的门，"仆役道，"我们很晚才供应晚膳，从右侧厅过去。"

"走过去！"马荣命令道。

他们在院子拐角处，发现前面视线被一簇密密匝匝的低矮灌木与悬挂着的紫藤挡住了。马荣分开枝杈，见窄窄一段木楼梯通往红阁子露台的左端。楼梯下面是一条小径，上面长满了野草。

仆役从马荣肩后望去道："那便是通往花魁娘子宅院后门的捷径。那间宅邸便是她寻欢索爱之处，那房子既温暖又舒适，有着漂亮的家具。"

马荣嘴里咕哝着。他费力地拨开浓密的灌木，来到露台边。他能够听见狄公在红阁子里来回走动的脚步声。马荣转过身来，对紧随其后的仆役做了个别出声的手势，随后迅速搜查起灌木丛来。他像个经验丰富的猎人，未弄出丁点声响，在肯定里面确实没有躲人后，便往前走到宽阔的大路上。

"这是园子的主道，"年轻仆役解释道，"如果一直往右走，可以走到街上；往另一边走，则可以找到我们的客栈。"

马荣点点头。他沮丧地想到，任何人都能够不被发现地接近或进入红阁子。他曾想要在这树下过夜，但转念一想，狄公有他自己的行事计划，而且狄公亦已吩咐他在别处找个住处过夜。至少，他现在已经确信，没有歹徒藏在那里等着袭击狄公。

马荣回到客栈大门处，向仆役打听前往青楼的路径。仆役告知他在南面白鹤楼酒店的后面。马荣将帽子由前额向后推了一推，便走上了大街。

尽管已过了子夜，但是赌馆与酒楼里依然灯火辉煌，街上行人仍未散尽。马荣在过了白鹤楼后，便向左拐去。

他忽然发现自己来到一条异常安静的后街。沿街排列的两层楼房内都漆黑一片，几乎不见人影，各门上都标着表示妓女等级的数字等符。他知道这是妓女的房舍。这些房舍与外界隔绝，妓女们就在这里吃、睡和接受歌舞训练。

"妓院一定就在这附近。"他喃喃自语道,"肯定离她们住处不远!"

马荣忽然停住脚步,因为从左边紧闭的窗户里传来一阵呜咽声。他将耳朵贴在木框上片刻,一片寂静;一会儿,又闻呜咽声。屋里一定有人惨遭不幸,可能只有一个人,而天亮前其余的姑娘们像是不会回来了。

他迅速察看了一下,只见门上标着"乙等四号",木门锁着。马荣望着楼上与房间同宽的露台,将长袍提起束在腰际,纵身跃起,一把抓住露台的边缘,轻易地便翻身进入露台。他用脚踢开首道格子门,走进一间小屋。屋里弥漫着胭脂香粉味。他发现梳妆台上有一支蜡烛与一个取火盒,便手持蜡烛步出房间,迅速走下楼梯,来到一间漆黑的大厅。

一束亮光从左边门下射出,呜咽声正是从那里传来的。他将蜡烛放在地上,推门走了进去。这偌大的空荡荡的屋子,只点着一盏油灯,六根粗大的柱子支撑着装有椽子的低矮屋顶,地上铺着芦苇垫,对面墙上则挂着一排琵琶、竹笛、月琴、二胡等乐器,看来这是妓女的歌舞训练厅。呜咽声是从靠窗户的那根柱子边传来的,他快步走上前去。

只见一姑娘一丝不挂地被半吊着——脸朝柱子,双手位于头上方,用绸带捆绑在柱子上。她匀称的背部与臀部有明显的红色鞭痕,一条宽大的裤子与一根长腰带堆在她脚边。她听见有人进来,并未转过头,却大声哭泣起来。

"不,请别……"

"闭嘴！"马荣粗暴地说，"我是来救你的。"

他从腰间拔出小刀，迅速割断吊带。那女子试图抱住柱子，却因身体虚软而瘫倒在地。马荣骂了自己一声蠢货，便蹲坐在她身边。她闭着双眼，已经昏厥了过去。

他用欣赏的目光上下打量着她。"可爱的姑娘！不知是谁如此虐待她。他们将她的衣服搁到哪里去了？"

转了一圈，他看见窗下放着一堆女子的衣服，便拿了她的白色内衣，盖在她身上。马荣重新坐在地上，替她按摩了一会发青的腕关节后，她的眼睑微微颤动了一下。她张开嘴大声尖叫起来，马荣立即道：

"没事了。我是衙门里的人，你是何人？"

"我是二等妓女，住在楼上。"

"谁打了你？"

"没什么！"她马上道，"都是我的错，只是我们自己的事。"

"那还有待勘察。大胆说，回答我的问题！"

她惊恐地望了他一眼。

"真的没什么。"她轻声重复道，"今夜我与我们的花魁娘子秋月一起参加了一个宴席，因我手脚笨拙，不慎将酒水泼洒在一位客人身上，秋月责骂了我，将我带至盥洗间，过了一会儿，又将我带来这里。她开始掴我耳光，我因为想避开她的毒打而不小心抓破了她的手臂。秋月娘子是个脾气暴躁的人，顿时勃然大怒，命令我脱光衣服，将我绑在这根柱子上，用我的腰带抽打我。她说让我反省一会儿就会回来放开我的。"她的嘴唇有些颤

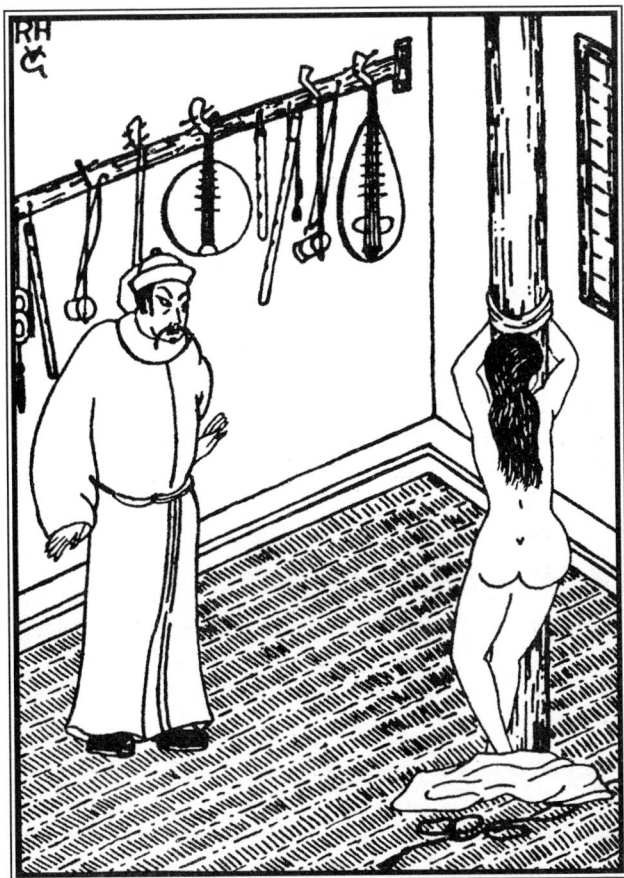

那姑娘浑身鞭痕，被捆绑在柱子上（高罗佩　绘）

抖，断断续续地哭了几次，又道，"但……但她没来，最后我再也站不住了，手也麻了。她可能把我给忘了，我担心……"

泪水顺着她的脸颊淌下。由于激动的缘故，她说话时带有浓重的家乡口音。马荣用自己的衣袖替她拭去泪水，并用很地道的家乡方言道：

"不用担心，都过去了，银仙！你的同乡现在会照顾你！"他不顾她惊奇的目光，继续说道，"你很幸运，我打此经过，听到了你的哭声。秋月不会回来了，永远不会！"

她用手支撑着坐起来，顾不得衣服从裸露的躯体上滑落下来，紧张地问道：

"她出了什么事？"

"死了。"马荣忧郁地答道。

银仙将头埋入双手中，又开始哭了起来。马荣茫然不知所措地摇着头，悲哀地想到女人的不可捉摸。

银仙抬起头，凄凉地问道：

"花魁娘子死了？她是这么美丽、这么聪明……虽然有时她会打我们，但她常常是善良和善解人意的。她身体并不是很好。是不是她突然病倒的？"

"老天爷才知道！现在说说我自个。我是船工马良的长子，我家住在我们村的北头。"

"行了——这么说你就是马船工的儿子！我是屠宰店家的二女儿，我姓胡。我记得父亲提起过你父亲，说他是河上最好的船工。你是怎么来到这乐苑的？"

"我是今夜与我们狄大人一起到这里的。他是邻县浦阳的县令，现在暂时代摄金华衙署。"

"我知道他，适才他就在宴席上，是个不声不响的君子。"

"他是君子！"马荣赞同道，"但说到不声不响，我告诉你，有时他可是异常活跃！好了，我带你回你的房间，给你的背部敷些伤药。"

"不，我今夜不要待在这所房子里！"女子目光惊恐，大叫道，"带我去别的地方！"

"你能告诉我去哪里吗？我今夜初到此地，一直忙个不停，还来不及抽时间给自己找个宿身之处。"

"为什么每件事都这么麻烦？"她咬着嘴唇不悦地问道。

"去问我们大人吧，小可人儿！我只是个干粗活的。"

她无力地笑了笑。

"好吧，带我去前面的距此两条街上的丝绸店。那是一个姓王的寡妇开的，她也是我们本村人，会留我们在那儿过夜的。不过，烦你先帮我去浴室。"

马荣扶她站起身，将白长袍披在她肩头，帮她拾起地上的衣服，搀扶她走进房间背后的浴室。

"假如有人来问起我，就说我已走了！"

她关门前迅速吩咐他。

马荣在走廊里一直等到她梳洗完毕。看她出来时走路一瘸一拐的，马荣便将她抱起，在她的指引下，出了屋后的胡同，穿过一条小路，来到丝绸店的后门。他放下她便去敲门。

银仙对开门的壮实妇女匆匆说道，她与朋友今夜要留在这里。那寡妇什么也没问，就径直将他们带到一间虽然小却很干净的阁楼。马荣让她给他们送一壶热茶、一只碗与一包药膏来。他帮银仙重新脱下衣服，让她俯卧在窄榻上。当那寡妇回来看到女子背部时，大叫起来：

"可怜的姑娘！出了什么事？"

"我会照料的，大娘！"马荣说着把她推出门外。

他熟练地将药膏敷在女子背部的鞭痕上。鞭伤不太多，应该两日后肿痕就会褪去了。当他发现她臀部流血的溃疡处时，气愤地皱起了眉头。他用茶水清洗伤口后再敷上药膏，随后坐在唯一的一把椅子上，简短地问道：

"横在你臀部上的伤不可能是一条带子打的，姑娘！我是衙署里的人，知道自己的职责！你没有好好地告知我全部的实情，是不是？"

她把头埋进交叠的双手里，肩膀颤抖着抽泣起来。马荣将长袍盖在她身上，说道：

"你们自己那档子事我不会干涉，至少还算合乎情理。但如果是外人虐待你，那就是官府的事了。快，告诉我，是谁干的？"

银仙抬起满是泪痕的脸望着他。

"这是个肮脏的故事！"她不悦地咕哝道，"你知道的，丙、丁等妓女不得不接任何付钱的客人，但甲、乙等妓女被允许选择她们所爱的人。我属于乙等，按理他们不能强迫我接我不喜欢的人。但事实上还是有例外，就像那古董商温猪。他是这里的要人，已经好几次想要得到我，都让我逃开了。今夜宴席上，他一定从秋月嘴里探听到她将我绑在训练厅的柱子上，因为秋月走后不久，这可恶的家伙就来了。他威逼我说，只要我答应他的所有要求，他就放了我。遭到拒绝后，他就拿墙上的长竹笛开始抽打我。其实秋月并没怎么打我，只是羞辱我，可那个温猪是真的想打我。当我尖叫着求饶并答应由着他做喜欢的事后，他才离去。他说过一会儿会来找我，这就是为什么今夜我不要留在那屋里的原因。我求求你别告诉任何人，你知道的，他会彻底毁了我的！"

"这个卑鄙的杂种！"马荣咆哮道，"你别担心，我会抓住他的，不会提到你。这个肮脏的无赖老卷入这乐苑的一些可疑事件中，他的勾当可以追溯到三十年前呢，恶贯满盈呀！"

寡妇没拿茶杯来，所以他让她直接就着茶壶喝了口茶。她道了谢，忧郁地说道：

"希望我能帮助你做到。他还在这里虐待过别的女子。"

"行。可你不知道三十年前这里所发生的事，是吗？小可人儿。"

"那倒是真的，我才十九岁嘛。但我知道有人能告诉你一些过去的事，她是个穷困的老妇人，叫凌姑，我跟着她学唱曲子。她是个瞎子，患有严重的肺痨，但她记性很好。她住在茅棚里，在这乐苑的西隅，就是码头对面……"

"也许就在大蟹的南瓜地附近？"

"对！你怎么知道这些的？"

"我们官署的人知道的比你想象得要多！"马荣扬扬得意道。

"大蟹与小虾是好人，他们常帮我逃离那可恶的老古董商。

而且小虾还是个令人生畏的武林高手。"

"你是说大蟹？"

"不，是小虾。他们说六个壮汉也不敢来攻击小虾。"

马荣无奈地耸耸肩，与女人争论搏斗的事是没用的。她继续说道：

"事实上，是大蟹将我介绍给凌姑的。他不时拿药给凌姑治咳嗽。凌姑是个可怜的人，脸上布满痘子，可怕地变了形，但她仍有一副好嗓子。在三十年前，她好像还是这里相当有名的妓女。一个曾是花魁娘子的妓女竟变成如此丑陋的老妇，这不可悲吗？也许有朝一日我自己……"

她的声音逐渐低了下去。为了让她开心，马荣与她谈论起家乡村庄的情况。原来，他曾在她家店里见到过她父亲。她说，后来，她父亲因碰到了麻烦而不得不将两个女儿卖给妓院。

王寡妇端了茶和一盘瓜子、糖回来。他们边吃边聊，兴奋地谈论着三人都熟悉的人。当寡妇讲述她丈夫的故事时，马荣突然发现银仙已经睡着了。

"到此为止吧，大娘！"他对寡妇道，"明日天亮时分我就要离开这里，因此早膳就不劳累你了，我会在街上食摊买几个煎饼吃。烦你告知这姑娘，中午前后，我尽量赶来此处。"

寡妇下楼后，马荣就解开腰带，脱去长靴，躺在床边地上，双手枕在头下。他已习惯在陌生的地方睡觉，不一会儿，就鼾声大作了。

# 七
▼

在红阁子里，狄公发现躺在地上很难入眠。那红地毯竟无法与他所习惯的厚实、松软且富弹性的草垫相媲美。辗转反侧，好不容易才睡着。

但他睡得不沉。他做了个怪梦，这梦恰好对应了适才入睡前关于红阁子的不祥想法。梦中，他在密密黑黑的森林里迷了路，发狂般的寻找着一条穿过荆棘的林中小径。忽然，不知什么冰冷的鳞状物落在他的颈脖处，他一把抓住那蠕动挣扎的东西，咒骂着扔了出去。那是一条大蜈蚣。这虫一定咬了他，因为他突然感到头晕目眩，眼前一片漆黑……等他苏醒过来时，发现自己躺在红阁子的床上，正喘着气，一个无形的黑影隐约就在他的上方，无情地将他往下压，把他包裹在一种腐烂发臭的气味中，那黑影就像个猎取目标明确的野兽，知道猎物已无法逃跑，就用一只黑色触角开始慢慢地摸索他的咽喉。狄公感觉快要窒息时，浑身大汗地惊醒过来。

他意识到适才做了个噩梦，便舒了口气，这才发现自己满脸是汗；但刚要起身擦脸时，却闻到房间里果真有一种令人恶心的气味。蜡烛已然熄灭，这时他看见，一个黑影飞速掠过窗户外的铁栅栏。窗外，月光照着园子微微发亮。

刹那间，他以为自己仍在梦中，但很快地他就明白自己是完全清醒了。他忙握紧手中的剑，屏息静气地躺着，两眼一眨不眨地盯着黑影掠过的窗户。他侧耳细听。突然，床架处传来抓擦声，接着，靠近头上方的天花板处又是一记拍打声，同时，露台上，一块木板吱吱嘎嘎作响。

响声过后狄公从地上爬起，但仍手持长剑蹲伏在地。他听见周围鸦雀无声，便一下跃起，背靠墙面对床架子，迅速朝屋内四周扫了一下，确信屋内无人。桌子仍在原处顶着门。他快速跨到装有铁栅栏的窗户边——露台上也没有人，只有紫藤树丛在一阵微风中摇曳着。

他嗅了嗅，发现那恶臭仍在。他想，这一定是被风吹灭的蜡烛所散发的烟雾味。

他打开取火盒，重新点燃了蜡烛，拿一支放在床架上。他发现那里并无异常，便踢了一下床脚，好像又听到微弱的抓擦声，他想，那一定是老鼠。他举起蜡烛又仔细检查了一遍屋顶横梁，看来那拍打声一定是飞出窗外的蝙蝠所发出的。只是适才他看见的那个黑影要比任何蝙蝠都大得多。他沮丧地摇了摇头，将门边的桌子移开，穿过前厅来到客厅。

为了让冷风吹进厅里，他特意将露台门开得很大。这时他步出厅门进到露台，发现靠近窗户铁栅栏边的一块木板断裂开来，用脚试了试，地板发出了适才他所听到的吱嘎声。

狄公走到栏杆前，望了望寂静的园子，阵阵凉风正吹拂着彩灯上的花环。此刻必定是后半夜了，花园酒楼一片寂寥，只有二楼几扇窗户仍亮着灯。他琢磨着熄灭的蜡烛、恶臭的气味以及那抓擦与拍打声，这些均可做简单解释，唯独那断裂的地板说明有人或东西曾经从这铁栅栏窗户前经过。

狄公裹紧长袍回到屋里，在客厅长椅上躺下。由于困乏不堪，这次他很快便睡着了。

等他醒来时，淡淡的曙光已经照进房间里了。一仆役进来，站在桌边，为狄公沏了热茶。狄公让他将早膳送到露台上。夜间尚未褪去的凉意使人倍感清爽，但不一会儿，红日升起，天气又将炎热起来。

狄公拿了件干净内衣，去了客栈浴池。时间尚早，浴池中只他一人，他便在池里舒适地泡了个透。等他回到红阁子，见仆役已将一碗米粥与一盘腌菜放在露台内的小圆桌上。他刚要动筷，但见露台右侧的紫藤被拨开，马荣出现在他眼前，对他道早安。

"你是从哪里进来的？"狄公惊奇地问道。

"大人，昨夜我快速转了一圈，发现从这露台到园中大道有一条小径，左侧也有一条路径直通花魁娘子的宅院。所以秋月说这露台有条捷径去她私宅确实不假，而这也解释了何以客栈无人看见她来过这红阁子。大人，您昨夜睡得可好？"

狄公嚼着一片腌菜，心想最好别将昨夜所见所闻告知马荣，他知道他那高大的随从唯一怕的就是鬼怪。因此，他答道：

"很好，谢谢。你去码头可顺利？"

"顺，也不顺！我到达那里时，天也亮了，渔夫们已准备出发。冯岱的船泊在岸边，船工们已开始油漆修好的船体。船把头是个乐观的人，他让我参观了船的里里外外。这船已经多次航行，船尾处的客舱如同客栈的那么舒适，船上也有一个宽大的露台。我问起撞船一事时，船把头渐渐激动起来，言辞甚为激烈。

"他说，将近午夜时分，他们被另一条船猛烈撞击。责任全在李琏公子的船工身上。他们的船主喝得烂醉如泥，不过李琏公子自己倒是相当清醒。冯小姐以为船要沉了，穿着睡衣就冲到露台上。李琏公子走上前来，亲自向她道歉。把头见他俩一起站在客舱前。

"这样，船工们忙了一夜倒腾两条船，直到天亮时分，两条船才靠上码头。冯小姐与丫鬟们先坐小轿回府，随后，李琏公子为他那些烂醉的朋友一一打点马轿，将他们拉到永乐客栈安顿。其间，人来人往，十分忙乱，但没有人见过温元。"

"可能是你那虾蟹朋友编造故事，故意中伤温元吧。"狄公淡淡地说道。

"也有可能。但他们那块南瓜地不是编造的。午前江面上有些雾，但我看见大蟹与小虾在附近闲荡。不知为什么，小虾像发疯似的手舞足蹈。另外，大人，我还看见了那个麻风病人。他站在江边大叫着，要船工捎他往上水。没得说，那个穷要饭的倒像个真正员外，听他骂人还真是一种享受。他最后给船工出价一个银锭，但是船工回绝了他，生怕染上他身上的恶疾，那乞丐只得匆匆离去。"

"起码那不幸的人并不缺钱。昨夜我给他铜板，他也没要。"狄公道。

马荣擦着他厚实的下巴，然后道：

"大人，昨夜我碰巧遇见一个叫银仙的姑娘。她说她在白鹤楼侍宴时见过您。"狄公点点头。马荣将发现银仙遭毒打之事讲了一遍，又骂那温猪人面兽心。

"秋月这女人还真是险恶残酷。"狄公气愤道，"先将银仙捆绑，再告知那可恶的古董商，使他能够随意摆布那姑娘。难怪我看见秋月回到宴席后跟温元耳语了一番。"他捋着胡须又道，"不管怎么说，秋月手臂上的抓痕已经搞清楚了。你是否已安顿那姑娘到安全的地方过夜？"

"是的，大人，我带她去了她的一个朋友家。"马荣怕狄公听出他自己也在那里住宿，连忙继续说道，"银仙跟一个叫凌姑的瞎眼婆子学弹唱，是大蟹介绍的。三十年前，凌姑曾是乐苑有名的风流班头，倘若大人想了解陶番德父亲自杀一事，不妨去找她详细打听。"

"你做得很好，马荣。说起那桩自杀案，已是很久之前的事了，不过正好也发生在这红阁子里。或许，与这奇怪的地方有关的每一个消息都会有用的。你知道怎么找凌姑吗？"

"她就住在大蟹家附近，我可以向他打听。"

狄公点点头，随后吩咐马荣拿出他那件绿色官袍，又叫人备轿，准备去冯岱官署。

马荣哼着小调去客厅，想着午前他离开银仙时，她还未醒来；但即使睡着了，她还是那样楚楚动人，真希望中午时能再见到她。他喃喃道："奇怪，我挺喜欢那个歌妓。可我只是与她说了些话，一定是由于我与她同乡的缘故！"

入官署　里正书斋会大人

代县衙　狄公开堂审命案

狄公与马荣的轿子停在大街北端华丽的庙宇门前。他俩步出轿子，眼前高高的红色柱子耸立在奢华的大理石门前，特别惹人注目，那正是昨日狄公一到乐苑就瞧见的。

"这庙里祭的是什么神？"他问领头的轿夫。

"财神，大人。来乐苑的客人在进赌馆前，都要来此祭拜。"

冯岱的官署就位于庙宇正对面，其后面即是冯宅。那里有个很大的院子，四周高高的围墙修葺一新。冯岱在铺着白色大理石板的前院迎接狄公。穿过院子，便是一幢二层楼房，房前巨大的雕花门楼与铜色瓷砖装饰的屋顶在晨曦中熠熠生辉。

冯岱引狄公进入他的书斋稍事休息。献茶毕，马荣便去了东侧厅堂，察看开堂审案事宜是否备妥。

冯岱又引狄公来到一间宽大且陈设讲究的屋子，邀狄公坐在一张仿古雕花乌木茶桌前。狄公呷着香茗，饶有兴趣地打量着对面占据整个墙面的书架。架上放满各种书籍，有的书里还夹着书签。见狄公注视书架，冯岱笑道：

"在下算不上文人，大人！这些书籍都是以前收藏的。在下自从管摄了乐苑杂事后，倒与书籍生分了。实际上，这里成了会客的所在，倒是陶员外时常来此翻阅，他对经史诸书都颇感兴趣。再就是小女玉环了，她爱读诗词，偶尔也学作几首诗赋。"

"难怪冯公要选贾相公当乘龙快婿。"狄公笑道，"我听说这年轻人在赌桌上不太走运。我猜，他必是官宦子弟。"

"不瞒大人，他并非官宦子弟，而且据说家境并不好。可是，祸兮福之所倚，他赌输了钱，前来向我商借盘缠，好去京城赴试，却与小女一见钟情。我曾与小女说了几门亲事，却都被她拒绝了。自从与贾玉波见了几次面后，她即满口答应，我便请陶员外做了大媒。我已相当富裕了，现在独生女的幸福是我唯一关心的事。"他停了下来，清清嗓子，犹豫了一下，问道，"对秋月猝死一案，大人有何高见？"

"在了解各方面情况之前，我从不妄下论断。"狄公淡淡道，"眼下我们将等待仵作的尸格。我也想了解一些有关李琏公子的情况。告诉我，他是怎样的人。"

冯岱捋着他的长长的络腮胡须慢慢道："我只见过他一面。那是十九日，他来见我，处理我们两家船只相撞一事。他很英俊，但有些目中无人，颇自以为是。我并未与他计较，因为我与他父亲李纬经熟识。李大人年轻时是个很优秀的人，不但英俊潇洒，而且才思敏捷，常往来于乐苑，吸引了不少痴情女子！但他心里明白，作为左相的接班人，其为人甚为重要。正如大人所知，二十五年前，他娶了一位官宦女儿为妻。果不其然，最后他被任命为东台左相。六年前，他退休离任，来金华颐养天年。听说他经济上出了状况，虚空了，但我猜想他的地产仍很可观。"

"我从未见过李纬经大人，但听说他是个很有才能的大臣。人说他因病引退，不知是什么疾病困扰着他？"

"这我也不知，大人。不过想必病情一定很严重，因为我听说他闭门谢客已有一年了。这也就是为什么昨夜我向您禀告说，是李琏公子的叔父前来认尸的。"

"有人说，李琏公子不是那种会为女人自杀的人。"

"不是为了女人，"冯岱狡黠地一笑道，"是因他自己！正如我告诉您的那样，其为人甚刚愎自用。花魁娘子拒绝他的消息很快就会传遍整个省城，我想，这一定伤了他的自尊心，导致其自杀。"

"你也许是对的。"狄公同意道，"对了，他叔父是否带走了他的全部书信？"

冯岱用手拍了拍前额：

"这倒提醒了我！我忘了将死者放在桌上的书信交与他了。"他站起身，从桌案的抽屉里拿出一个纸包。狄公接过并打开纸包翻检着，过了一会儿他抬头道：

"李琏公子是个有条理的人。他仔细记载了他在乐苑期间的所有花费，包括付给与他过夜的女子的费用。我看见这里记载着翡翠、石榴、玉兰、牡丹的名字。"

"都是乙等妓女。"冯岱解释道。

"他结算了二十五日给四个女人的账单，但没有任何付给秋月费用的记载。"

"她参加了李琏公子邀约的绝大多数宴席，"冯岱答道，"那些费用通常是包含在酒楼的账单中的。像他们那种……关系比较密切……如遇秋月这类甲等妓女的情况下，客人在分别时会赠送给她一件礼物。这多少有些人情味，而非简单的买卖。"冯岱显得有些痛苦。很明显，他认为如此赤裸裸地谈论他管摄的事务，实在有损他的尊严。他从狄公面前的纸包中快速地抽出一张纸，继续说道："这是李琏公子的笔迹，表明他最后一味迷恋的人是秋月。为此缘故，我传唤了她，她也供认不讳，说出李琏欲为她赎身但被她拒绝的话。"

狄公打量着纸片——李琏公子在上面画了两个圆圈，圆圈下面连写了三遍"秋月"二字。狄公将信纸与票据塞进衣袖，站起身道：

"我们现在就去衙厅审案。"

冯岱的官署位于院子东侧。他引狄公穿过前厅，来到富丽堂皇的衙厅。厅前四根红漆柱子一字排开，门外是个精心修饰的花园，厅堂正中立着一张紫檀木公案，案上案牍笔砚，一应俱全。厅前站着六个人，其中就有陶番德、温元、贾玉波。

狄公在公案后的高背椅上坐定，略为不满地望了一眼面前豪华的衙厅。公案上铺着饰有金丝的大红锦缎，案上的文房用具也都是价格不菲的古董——漂亮的刻花砚台，绿色的翡翠镇纸，檀香木官印盒与象牙杆毛笔，这一切连高等衙门都不能及。地上铺着彩色瓷砖，后墙高悬一幅蓝金双色绘屏，画面上白云海浪煞是壮观。狄公以为官府应该尽可能的简朴，以便表明没有浪费百姓的钱财。但这乐苑则完全不同，连官府也不得不炫耀它的富有。

冯岱与马荣分立在公案两侧，书吏坐在靠墙的小桌前。两名陌生人站在公案左右两旁，其手中长长的竹杖表明其身份为里正的贴身保镖。

狄公看了一遍准备好的文案，一拍惊堂木下令升堂，并大声说道：

"本县开始审理李琏之案。我面前的由罗大人起草的案呈详述了李琏因单恋乐苑花魁娘子秋月未果，于二十五日自杀的情形。本县看了尸格，上述李琏用自己的小刀割破了右颈脖血脉自刎。在死者的脸上和前臂均发现有浅浅抓痕，颈脖两侧亦有不明原因的肿胀，除此之外，没有发现其他损伤。"狄公抬头道，"叫仵作来，我要看有关那些肿胀的详细案呈。"

一位蓄着胡子的长者走到公案前叩道：

"禀告大人，在下系乐苑药铺掌柜兼衙门仵作。李琏举人身上发现的肿胀分别位于耳朵下方和颈脖的两侧，约如弹丸般大小。皮肤表面未变色，也未见有刺破的痕迹。据此推断，肿胀一定是由内部引起的。"

"我明白了。"狄公道，"本县证实一些细节后，就将登记结案。"他拍了一下惊堂木道，"现在，本县审理昨夜发生在红阁子的秋月之死案。本县先听尸格案呈。"

"死者，原名袁凤，艺名秋月。其尸体于昨日午夜检视，发现其死因是心力衰竭，可能是饮酒过度所致。"

狄公竖起眉毛，冷冷道：

"你细细说来我听。"

"是，大人。在过去两个月里，死者曾就晕眩与心悸向在下询诊。我发现她的健康情况渐渐变坏，就给她开了些药，并劝她改变一下生活方式。"

"我催促她听从大夫的忠告，大人。"冯岱急忙道，"我们总是要求那些女子遵照大夫的建议服药，为了我们也为了她们自己，但她不听。由于她是花魁娘子……"

狄公点头，命仵作道："讲下去！"

"除了喉咙处的青肿与手臂上的抓痕外，死尸上没留下任何暴力的痕迹。在下得知昨夜她饮了大量的酒。在下臆测，恐是她睡下后，突感呼吸困难，便跳下床急于呼吸新鲜空气，并用双手抓住自己的颈脖，然后跌倒在地，又拼命挣扎着在地毯上抓着爬。她指甲里发现的红毛绒证实了这一点。由以上情形看，大人，我以为她的死因是心病猝发所致。"

狄公叹息一声，打发了仵作，向冯岱问道：

"你知道她以前的情况吗？"

冯岱从衣袖中拿出一札纸答道：

"今日清早我从官府拿来她所有的登记文案，大人。"冯岱看了看记录后继续说道，"她原是省府一个小吏之女。那小吏遇到了麻烦，便将她卖给了一间酒楼。由于她受过良好的教育，聪慧可爱，自觉做个酒楼妓女不可能充分发挥她的才能，遂开始发脾气。她的主人便以两块金锭将她卖给了牙人，那牙人又以三锭

狄公在冯岱官署审讯贾玉波（高罗佩　绘）

金将她卖到了乐苑。那大约是两年前的事。来到乐苑，她便忙着向经过此处的学者艺人学艺习文，很快便磨炼成一名名妓。四个月前，她被众人一致推举为花魁娘子。我看没有人反对，她也从不陷入任何麻烦中。"

"好。"狄公道，"你可通知秋月的亲属来收殓，了却一场官司，择日安葬。我现在要听古董商温元的证词。"

温元心中一惊，忙跪下，只听得狄公问道：

"昨夜白鹤楼宴席间，你匆匆离去，有何贵干？"

"回大人的话，在下与一客人事先就有约定，因他要买一幅古画，生意数额庞大，在下不敢怠慢，故而先告辞了。我出了酒楼便径直回了店铺。"

"那客人是谁，与你谈了多久？"

"是个姓黄的牙人。时下，他就住在这条街上的桃花客栈。昨夜他让我空等了一宵。今日来这里前我去找过他，他声称约定是在今夜，还说是我自己两日前听错了。"

"好。"狄公示意书吏念了温元的陈词。古董商温元点头同意，才又画了押。狄公打发温元走后，又传贾玉波，说道：

"贾相公自当知晓昨夜之事，现说说你离席后有何举动。"

贾玉波开言道："在下甚愿详告离席后的行踪。之所以提前离席，乃因贾某人昨夜身子不适。在下原打算去酒楼浴室，却走错了路，误入女子更衣间，遂让一仆役引至浴室。沐浴完毕后，即走出酒楼，在花园里散步，直至午夜时分才回到自己的客店。"

贾玉波也画了押。狄公拍了一下惊堂木，宣布退堂道：

"秋月之死案暂时搁置，待日后再审。"他转而低声嘱马荣道，"你速去桃花客栈，查实那黄姓牙人，然后去白鹤楼及贾玉波所住客店证实他的陈词，回来向我禀告。"再转身对冯岱道，"我欲与陶员外谈一谈。你能为我们找个不受打扰的僻静之处吗？"

"当然可以，大人！我带您去花园小亭，就在我们后院，位于我夫人的住处旁，外人无法进去。"他犹豫了一下，又继续说道，"请允许我这样问一句，大人，我不太明白您为什么要搁置此案，案情不是已经很清楚了……"

"噢，"狄公含糊道，"只因为我还要了解案子的一些背景，或可望圆满了结。"

# 九

报父仇　陶番德刻骨铭心
探秘情　冯玉环怒抱不平

小亭位于花园的后面，半遮半掩在高大的夹竹桃丛中，亭内高大的屏风上绘有串串葡萄和花卉。狄公与陶番德在圆桌旁坐下，仆役端来了茶点与果脯。

这是个僻静的角落，只有彩蝶悠闲地穿梭在夹竹桃花朵间。

陶番德端坐不动，静候狄公开口。

狄公呷了一口茶，和蔼地开言道：

"陶员外，本县听说你是个文人。你在照料酒店与家业之间，可还有闲暇舞文弄墨？"

"大人，很幸运的，我有一帮又可靠又有经验的帮从。有关酒楼饭庄的所有日常事务，我都可以交与他们。况且，我尚未迎娶，需料理的家务就十分简单了。"

"恕我直言，陶员外，我不妨告诉你，我怀疑李琏与秋月均系他杀。"

狄公一面说一面紧盯着他的脸，但这位酒店老板面无表情，只是平静地问道：

"不知大人以为凶手是如何进入那房间的？"

"这……本县也百思不得其解。但有两点疑问：其一，李琏来乐苑的五个夜晚均与其他女子共度良宵，怎么会突然迷恋上秋月，而且还为了她而自杀？其二，秋月掐扼自己脖颈时，为何皮肤上没有留下她长长的指甲印？这些疑点都无法自圆其说，陶员外。"陶番德慢慢点头。狄公继续说道："我只是有些模糊的概念。由此，我联想到令尊的自杀案也是发生在这红阁子。当时情形也与李琏案相同，因此你或许能提供些线索。我知道这一定会使你伤心，但……"他的声音渐渐变弱。

陶番德没有回答。他沉思着，片刻，便抬起头来平静地说道：

"家父并非自杀，大人，他是被人谋杀的。这件事在我心头留下了很深的阴影。我与凶手不共戴天，不报这仇，我死难瞑目。"

他停了一下，注视着前方，又诉说道："那年我五岁，但每一个细节我都刻骨铭心，难以忘怀。我是家父的独生子，他很疼爱我，自小教我念四书五经。那日午后，他正在教我史书，将近黄昏时分，有人捎来口信，叫他立刻去永乐客栈的红阁子会客。他走后，我拿起他适才读的书，发现了他的扇子。我知道父亲最喜欢这把扇子，便想给他送去。我一口气跑到永乐客栈，店掌柜认识我，便叫我自个儿去红阁子找父亲。我到了红阁子，发现门微敞着，就走了进去，只见父亲倒在右边床前的椅子里。当时我看见一个穿红长袍的人站在房间右角，但我未去注意他，因为我已被眼前的一幕惊呆了：一柄尖刀刺在父亲的咽喉左侧，他满身是血。我扑上去时，发现他已经死了。惊吓之中，我转身想去问那穿红长袍的人，但他已经不见了。我冲出屋子想找人，但刚奔出台阶就摔倒了，头撞在石柱上，昏了过去。

"我醒来时，已经躺在自家床上。奴仆说我大病了一场。后来我们搬回山庄别墅住，因为乐苑里正流行天花。我问父亲在哪里，母亲说他出远门做生意去了。我想一定是我做了个噩梦，但那可怕的情景始终深刻地留在我的记忆中。"

他拿起茶杯长长地喝了一口，继续说道：

"长大后，我方从他人口中得知，父亲是将自己锁在红阁子里自杀的。但我知道，他是被人谋杀的，我还看见过凶手。我一直在想，会不会是我冲出去之后，凶手又返回红阁子锁上房门，将钥匙从窗户里扔进去的。因为他们说，房门是锁着的，钥匙是在房间地毯上发现的。"

陶番德叹了口气，神情黯然地继续说道：

"随后我开始了明察暗访，但每一次都失败了，因为衙门所有的案呈都丢失了。当时的金华县令是个有才能的官，他看到妓院流行的天花来势凶猛，便命所有的女子搬了出去，将全部房子付之一炬，就连里正的官署也着了火，堆放在那里的文案记载全都化为灰烬。不过，最后我还是打听到了。当时我父亲迷恋上了乐苑的花魁娘子，一个叫翠玉的女人。她虽美貌绝伦，但在父亲死后不久，她也染上了时疫，不多几日，她也死了。官署认为父亲是因为翠玉拒绝了他而自杀的。当时金华县令审案时，有不少人到堂，那妓女供认，就在父亲辞世前一日，她拒绝了父亲出巨金为她赎身，因为她已名花有主，还怪父亲晚了一步。只可惜县令没有问她那人是谁，只问为何要去红阁子寻死。那妓女说他俩常在那里幽会，而痴情人往往寻曾经欢爱最烈之所自尽。

"我想凶手的动机便是我要寻找的线索。我得知当时追求翠玉最烈的有两个人，一个是冯岱，他当时二十四岁；另一个就是古董商温元，他当时三十五岁，已婚八年，无后嗣。温元为人粗鲁蠢笨又强充风流，专以拈花惹草为能事，早淘虚了身子。妓女们都知道他只是以伤害女人为乐，追求翠玉只是为了显示自己是上流人物。余下只有冯岱了。他当时年轻英俊，正狂热地迷恋着翠玉，据说他还想娶她当正房哩。"

陶番德陷入了沉思，两眼呆呆地望着面前的花丛。狄公不经意地转过头看着屏风。他听见屏风后有瑟瑟声。他竖起耳朵，却什么也没听见，他想一定是树叶飘落的声音。陶番德凝视着狄公，又说道：

"有流言说是冯岱杀了我父亲，因他是翠玉唯一的情人。他与父亲在红阁子里狭路相逢，一番争吵后，便动了杀机。温元也几番对我暗示这传闻确凿无误，然待我要他作证时，他却推说是翠玉酒后吐真言，而她为了顾全冯岱的名声地位，只得一口咬定父亲是自杀的。他还说，那日他在红阁子后花园里见过冯岱。所有这一切都将疑凶指向了冯岱。

"大人，我当时的心情是难以形容的。我是何等震惊和痛苦。冯岱是我父亲最好的朋友，父亲死后，他成了我母亲最好的帮手；母亲去世后，他又扶持我继承了家业，就像是我的第二个父亲那样。他是杀害父亲的凶手吗？他是因为悔罪而如此善待被害者的家眷吗？或者是冯岱的死敌温元故意造谣中伤呢？这些年我陷入了迷茫之中。我一直在注意冯岱的言行举止，想发现一丝杀人迹象来，又恐怕被他发现，看出我的心思。我真的不能……"

他的声音低了下去，并将头埋进双手里。

狄公一声不响。他又听到屏风后传来一阵瑟瑟声，这次还夹杂着衣服的沙沙声。他警觉地听了半晌，却再不见有什么动静。

"本县十分感谢陶员外对我说的这些话。此事与李琏死案确实很相似，我会仔细推敲个中含义。暂时我还要证实一些细节，第一，为什么那个县令断定他是自杀的呢？你不是说他是个聪明能干的官吗？他应该像你那样想到：尽管房门锁着，但钥匙可以从窗户或门缝里塞进去。"

陶番德抬起头，无精打采地答道：

"那时他正忙于处理天花流行一事，大人。据说患者像老鼠那样死去，尸体堆满了道路两旁。当时我父亲与翠玉的事人人皆知，或许听了她的陈词，他认为这是简单且说得过去的处置。"

"还有一个疑点，你说你当年进入红阁子时，看见床在右边，可昨夜，我见床是在左边的。你能肯定你没有看错吗？"

"绝对不会看错，大人。那一幕情景，我一辈子都难忘。可能是店掌柜后来搬动过家具吧。"

"我再去核实一下。最后一个问题，你见过凶手一眼，你能分辨出他是男是女吗？"陶番德摇了摇头。

"不，大人。我只记得凶手身材不矮，穿了件红色长袍。我试着遍寻当时永乐客栈上下穿这种衣服的人，但一无所获。"

"一般男子很少穿红色，"狄公道，"正经女子也只在婚礼上穿红衣服，看来这屋里的红衣人一定是个妓女。"

"我也是这么想的，大人！我竭力想获知翠玉是否穿过红衣服，但见过她的人都说她没有穿过。她最爱穿的是水绿与烟青，与她的名字相称。"

陶番德沉默片刻，继续说道：

"我早就该离开乐苑了，但先父之冤不雪，我无法去寻仕途。我在此继承父业，至少也尽了儿子的职责。但我在这里一直心中不安，冯岱总是对我那么好，他的……"他突然停住，看了狄公一眼，又道，"大人此刻一定明白为何我不能自称文人，我只是在逃避，逃避使我为难的现实。"

他迅速移开目光，显然是难以控制自己的情绪。狄公不忍看他伤心，便转移话题问道：

"你知道这乐苑里谁最恨秋月，以至想要她的性命？"

他摇了摇头，答道：

"我对乐苑里男女间的风流韵事不甚留意，大人。我只是在正式场合见过她，她给我的印象是：一个浅薄气狭又喜怒无常的女人。不过几乎所有妓女都是这副德行。她在乐苑无人不知，每夜都有宴请。我听说，在她被推为花魁娘子之前，她对她喜欢的人还是心胸宽大的。这以后，她只陪些特殊的客人与富商，以及殷勤的求爱者。但这种事从未有过结果。据我所知，没有人提出

狄公一把抓住亭子后面那女子的手臂（高罗佩　绘）

要为她赎身，李琏看来是第一个愿意赎她的人，我想是她那张利嘴吓跑了他们。假如真有人恨她，那一定是在以前，至少是她来乐苑之前。"

"我知道了。那好，本县不再耽搁你了，陶员外。我还要在这里把茶喝完，烦你告知冯岱，我一会儿就去他的衙署。"

狄公见陶番德走远，便一个纵身跃向亭子后面，果见一身材瘦小的女子站在那里，正欲走下亭子后的台阶。狄公上前一把抓住她的手臂，拉近问道：

"你是何人？为何在此偷听？"

她咬着嘴唇，怒视狄公。这是一张标致的脸蛋，弯弯的眉毛下是一对会说话、透着灵气的大眼，乌黑的秀发在颈后盘成一个发髻，黑色缎子长袍简洁得体，正好衬托出她那苗条匀称的身材。她所戴的唯一饰物是一对翡翠耳环，长长的红披巾搭在肩上。她挣脱狄公的手，大声叫道：

"这个姓陶的卑鄙家伙，竟敢恶语中伤我父亲，委实可恶！"

她气得直跺脚。

"休动肝火，冯小姐！坐下喝杯茶。"狄公道。

"不必了！"她怒气冲冲道，"我只想告诉你，陶匡之死与我父亲无关，绝对没有关系，你听见了吗？不管那温猪怎么说都无济于事。请告知陶番德，我不想再见到他，我与贾玉波的婚事也不需要他做媒！"

"好大的命令！"狄公温和地说道，"我敢打赌，你也给了李琏一顿臭骂！"

她正欲转身离开，听到这话，便停下不动了，仰头注视着狄公，尖声问道：

"您这话从何说起？"

"李琏的船撞坏了你的船，耽误了你一整夜，不是吗？我想你岂肯善罢甘休。"

"大人完全猜错了！李琏公子知书达理，一派绅士风度，亲自前来赔礼，我怎会无端骂人？"

说罢，她转身冲下台阶，消失在夹竹桃花丛中。

释疑点　红阁再审贾玉波

细推敲　狄公勘破自杀案

　　狄公复又坐下，慢慢用完杯里的茶。他将这一日涉及的所有人物干系一一滤过，逐渐理出点头绪；但是这对找到合乎常理的解释用处甚微。

　　他站起身，叹了一口气，出门回到衙署。

　　冯岱与马荣已在那里等候。冯岱吩咐备轿，恭敬地将狄公和马荣送入轿内。

　　在轿中马荣禀道："温元适才在公堂上说，他酒食间离席，出了白鹤楼径直返家，那是在撒谎，这一点我们都已知道。不过，很遗憾，他与桃花客栈的黄姓牙人有约，多少是真的。那牙人告诉我，他确实与温元相约今夜，而温元强调与他相约在昨夜，牙人承认也许是他听错了。这是关于温元的情况。至于贾玉波，他的供述可以说有点牵强附会。掌管妓女更衣室的虔婆说，贾玉波根本不是误入妓院，因为他问的第一件事便是秋月和银仙是否在那里。当她回答说她俩已一起离去时，他一句话未说便转身飞奔出去。住在我们隔壁小客店的贾姓管账伙计告诉我，午夜前约半个时辰，他站在客店门前，恰好看见贾玉波经过。他原以为贾玉波会转身进来，但是这家伙继续前行，拐入客店左面的小径。这条小径直通花魁娘子秋月的宅邸。管账伙计说，贾玉波回到客店时已近午夜了。"

狄公道："真是奇怪也！"然后他又将陶番德关于他父亲被害和怀疑冯岱的一番话原原本本地告诉马荣。马荣疑惑地摇着他那大脑袋道："搞清这些事不是一时半日就够用的。"

狄公未加评论。一路上他没再说话，一直陷于深思之中。

当狄公和马荣从官轿上下到永乐客栈门前，进入客厅时，胖掌柜便上前向马荣揖礼并略显犹豫地开口道：

"马爷，有两位……噢……官差，想找你说话，他们正在厨房等候。他们说是关于咸鱼的事。"

马荣盯着他看了一会儿，惊讶得有点发呆，迅即咧开嘴笑了，向狄公问道：

"大人，我可否去听一下他们有甚话要说？"

"自然可以。我也有件事想和这儿的主人核对一下。你完事后，直接到红阁子来。"

狄公向掌柜示意后，一侍者将马荣带到厨房。

两位厨师裸露着健壮的上身，正愠怒地看着大蟹。此时大蟹正手持扁平煎锅站在火炉前，小虾和四个男仆站得远远地瞧着。大蟹将一条鳊鱼高高地抛向空中将鱼翻个身，然后用煎锅接住——鱼恰巧落在煎锅中央。

大蟹瞪着水泡眼看着两个厨师，神情严肃地说道："现在你俩已经见识过煎鱼的本事了，这都是靠腕部抛掷的技巧。小虾，你示范一遍！"

矮个子驼背似敢怒不敢言，向前跨出一步，从大蟹手中接过煎锅。他把鱼抛向空中，鱼翻了个身，半条落在煎锅里半条露在煎锅外。

大蟹责备道："咋又没用锅心接住！你没用锅心接住是因为你使用了胳膊肘，这是要靠手腕技巧的。"见马荣来了，大蟹示意他到开着的厨房门边等。大蟹又对小虾道："不要停下来，再试一次！"然后，他拉着马荣走到厨房外。

当他们站在不被人注意的花园角落时，大蟹用嘶哑的声音耳语道：

"我和小虾在这附近做生意，遇见一个在生意桌上欺诈别人的商人。马爷是否想见一见那位奇怪的商人？"

"一点也不想见！今日午前已经见过他那副丑恶嘴脸了，不想再见。"

大蟹继续说道："现在，让我们假设一下，仅仅为了说个明白——你的大人想要见他的话，行动要快。我听说温元今夜便要动身去京师，说是去接洽一宗古董生意，但我不敢保证这是真的。你就当是道听途说吧。"

"多谢了！我不介意现在就告诉你，我们与那老色鬼之间的事还没有完，收拾他用不了多久。"

大蟹冷冷地说道："这正是我所想的。好了，我要回厨房了，小虾还需要多练习。告辞了。"

马荣穿过灌木丛，来到红阁子的走廊上。他见狄公不在，便坐在太师椅上，将两腿跷在露台的扶手栏杆上，心满意足地闭上双眼，竭力回味银仙的妩媚。

此时，狄公正在盘问胖掌柜有关红阁子的往事。

受惊的掌柜用手搔着头皮。

他慢慢答道："大人，据我所知，自十五年前我盘下这永乐客栈以来，红阁子内的家具摆设便从未变换过布局。但是如果大人希望做些变换，我自然……"

狄公打断道："那以前，有没有变换过呢？比如说约三十年前？"

"大人，我想，那眼下只有问看门人的父亲了。他儿子十年前从他那里接过这份差事，因为……"

"快带我去见他。"狄公高声道。

胖掌柜慌乱地咕哝着道歉的话，引着狄公穿过嘈杂的仆人住房，来到一个小院。只见一位瘦弱的老人，留着乱蓬蓬的胡须，正坐在木箱上晒太阳。他看见狄公微微闪光的蓝锦缎官袍后略显惊愕，想要站起，但是狄公连忙阻止道：

"免礼了，实在是不该打扰像您这样高龄的人。本县只是想了解红阁子的过去，因为本县对老房子颇感兴趣。您还记得红阁子卧房内床架挪动到墙对面是在什么时候吗？"

白胡子老人捋着稀疏的胡子，摇摇头答道：

"不，大人，那床从未挪动过。至少，我在的时候没有挪动过。床靠南墙，进门时在左边，那是床的原来位置，而且床一直放在那儿。但是过去十年我说不准，也许他们最近挪动过床，现时他们老爱挪动家具，变换摆设。"

"不，床仍在原处，"狄公打消了他的疑虑，"本县昨日就睡在这红阁子里。"

老人咕哝道："那是间好房，是客栈最好的房间。现时该是紫藤花盛开的时候。我亲手种的紫藤花，那是二十五年前了，估计是。那些日子还侍弄过花园，紫藤是我从花园凉亭移栽的。紫藤都把凉亭压塌了，可惜，那是老木匠精雕细凿之作。您现在住的客栈，就是那幢两层楼房，便是这木匠造的。这房子真是越造越高越考究了！我在那儿种上树，却挡住了从走廊眺望的视野。大人，原先在那儿可以欣赏绚烂的日落，傍晚时还可以看见道观的宝塔。但那些高大的树木使红阁子的空气湿润了许多。"

狄公道："露台前有一排浓密的灌木丛，也是你种的吗？"

"大人，小的从未种过！露台附近不该有灌木丛。如果露台不保持干净，就会招引蛇蝎和害虫。是守园人种的灌木，那蠢货！我曾在那儿抓到过两三只蝎子，我以为守园人的职责就是要保持园子干净。我喜欢宽敞、有光线的地方，大人，特别是我得了风湿病以后。我对儿子说，这病说得就得，我说……"

狄公急忙打断道："就你这样的高龄而言，你的气色相当不错。本县听说你儿子待你很好，你要好好保重身体。谢谢你了，老爹。"

狄公步行回到红阁子。

当他跨出房门走到露台时，马荣匆忙站起，向狄公报告大蟹所言的关于温元出走的计划。

狄公道："不能让温元这个时候轻易走脱，他有做伪证的嫌疑。查一查他住在哪儿，我们下午去找他。现在你先去传贾玉波，说我想立刻见他，之后，你便先去用午膳，但务必要在半个时辰之内回到这里。我们还有许多事要办。"

狄公在栏杆边坐下，慢慢捋着络腮胡，试图推断守门老人的话与陶番德之说是否能够衔接起来。不一会儿，贾玉波到了，打断了狄公的思路。贾玉波看上去非常紧张，他在狄公面前作揖不止。

"坐下，坐下！"狄公略有不快。等贾玉波拖过一把竹椅坐下后，狄公有些愠怒地研究着贾玉波的脸。半晌，他才突然问道：

"贾相公，你看上去不似赌场老手。是什么促使你想要在赌桌上赌运气？赌博是没有好下场的。"

贾玉波看来有点窘迫。犹豫半天后，他答道：

"大人，我确实是微不足道的小人！除了作诗外，我别无长处，也没什么可夸耀的。我常受情绪驱使，总是让自己随波逐流。只要我走进那该死的赌馆，赌馆的邪气就会紧紧摄住我不放，我……我简直不能自拔！大人，我身不由己，我正是以这种生活方式……"

"但你不是正打算赴京赶考，以进仕途吗？"

"大人，我打算参加科举考试只是因为我的两个朋友报了名，是他们的热情影响了我！我知道我做官还不够格，我的雄心只是在乡下某地安静地生活，看些书，写点诗，并且……"他停顿了一下，低眼看着自己不安的手，然后脸色难看地继续说道，"我愧对冯老爷的一片热肠！他对我寄予厚望，对我恩重如山，甚至要把女儿嫁给我……我感到这一切厚爱是……是负担，大人！"

狄公思量，这年轻人要么是坦率，要么是演技高超。他平和地问道：

"午前公堂上贾相公为何撒谎？"

贾玉波脸色红一搭，白一搭，结巴道：

"不……不知大人此话从何说起？我……"

"我指的是你并非误入更衣间，而是径直去那儿询问秋月在哪里。有人看见你拐入通往秋月宅邸的小径。说，你是否已移情于她？"

"钟情那位傲慢粗鲁的女人？老天也不会答应的，大人！我不理解为什么银仙那么羡慕她，秋月常常苛待银仙和其他烟花女子，常为丁点小事鞭打她们，甚至还以此为乐！这个可憎的尤物。我想确认秋月不会为了银仙泼那讨厌的古董商一身酒污而惩罚她，这就是我寻找她俩的原因。但是当我经过花魁娘子宅邸时，那里一片漆黑，我便又在花园里走了半日，让脑子清醒清醒。"

"本县知道了。喏，送午膳的丫鬟来了，我得换件宽松的衣服。"

贾玉波匆匆离去，喃喃地说着借口，看上去情绪更为低落。

狄公换上了灰色的薄长袍便坐下来用膳。但是食不甘味，他的思绪萦绕在别处。用完茶后，他起身，在露台踱起步来。突然，他脸上一亮，停下步子，喃喃自语道：

"这一定是症结所在！李琏之死别有一解！"

马荣一脚已跨进露台，狄公轻快地说道：

"坐下！我已推知三十年前陶父出事之经过！"

马荣重重地坐下。他虽然累，却很快活。在王寡妇家，他发现银仙已好多了，当王寡妇准备饭菜时，他和银仙在阁楼上除了谈论家乡外，还快活了好一阵子。实际上，最后出阁楼下楼梯时，所余时间仅够他囫囵吞下一碗面。

"陶父确系他杀，"狄公继续说道，"地点在客厅。"

马荣慢慢斟酌狄公的话语，然后提出异议：

"但是，大人，陶番德不是说是在红阁子卧房发现尸体的吗？"

"陶番德看错了。我发现他出错是因为他提到床在右侧，靠北墙。我已问过，红阁子卧房的床一直未挪动过，一直是靠左侧南墙放着。而且，虽然红阁子卧房家具从未挪动过，但是红阁子卧房外的景色与三十年前确是大不相同。露台外原来并没有紫藤，对面也没有花园酒楼和高大的树木，从露台原可看到一片空旷，可欣赏美丽的晚霞。"

"您说得对。"马荣口上应道，心里却在想银仙果真是个甜妞儿，她还真懂得男人需要什么。

"你难道还不明白？陶番德从未进过这卧房，但他却知道这房间叫红阁子，因为卧房里都被漆成了红色。当他走进客厅时，正是夕阳西下、霞光一片时，难怪他错把客厅当成红阁子卧房，也就是他自以为看到的那样！"

马荣回首看客厅，夕阳下，那些檀木家具的颜色定是都会变的。他笨拙地点了点头。

"陶父是在客厅被杀的，"狄公继续说道，"其子正是在那儿看见他的尸首，并瞥见身穿白色内衣——并不是红袍子——的凶手的。只是当陶番德冲出客厅时，凶手才返回并把尸体移入红阁子卧房，又将门锁上，把钥匙从装有铁栏栅的窗户扔进卧房，这样便制造了一个完整的自杀现场。"他继续说道，"没人会关注一个受到惊吓的小男孩所说的话。"他停了片刻，又道，"既然凶手身穿白色内衣，我认为他应该正与烟花女子翠玉在红阁子里幽会。陶匡，即凶手情敌的到来，让他们大吃一惊，凶手便用匕首杀了陶匡。陶番德说得对，他父亲是被谋杀的。马荣，这给破解李琏之死谜案带来一丝希望。自杀现场与三十年前如出一辙，李琏亦是在客厅被人杀害，因客厅人人可以自由进出，而且从露台这边看，还不易被发觉。然后凶手将李琏的尸体搬入红阁子卧房，又将他的一应票据信札移到卧房内。三十年前侥幸成功，所以凶手认为他可以故伎重施。由此我发现了一条寻找凶手的重要线索。"

马荣慢慢地点头道：

"大人，那就是说冯岱和温元都是我们要找的凶杀嫌疑人。但是这两件案子有着极大的不同。李琏死时，门钥匙没有掉在地上，而是插在锁孔里！大人，凶手本领再大，恐怕也无法从窗户外将钥匙掷入锁孔内。"

狄公沉思道："如果冯岱真是我们要找的嫌疑人，我也能解释那一点。不管如何，我对此确信不疑，如果我们找到杀死陶匡和李琏之凶手的话，我们还可确切地知道花魁娘子被害的经过。"他皱着眉想了想说，"快，见古董商前，最好先与银仙谈一谈。你知道哪儿能够找到她吗？"

"大人，在青楼后面的房舍里。她说她今天会回去的。"

"好，带我去！"

# 十一

▼

勘命案　辨真假　马荣青楼寻银仙　狄公宝斋审温元

　　午后，时间尚早，大街上行人往来好不热闹。驿使和商人从房舍前路过时，满耳尽是长笛、琵琶和锣鼓声，那是烟花女子正在练习技艺。

　　马荣来到二排四号门前敲门，并向开门的一性情乖戾的老妇解释说他们有公干，欲见银仙。老妇听闻不敢多言，领他们来到一小间候客室，便去传唤银仙。

　　银仙进来后微微躬身施礼。她谨慎地没有理会马荣，而马荣正从狄公身后对她眨眼睛。狄公示意老妇退出，然后和颜悦色地说道："听说你是花魁的徒儿，想必是她教你唱歌舞蹈的？"见银仙点头，狄公继续说道，"所以这意味着你非常了解她，是也不是？"

"呵，是，大人！我几乎每日都能见到她。"

"如此你便能够解答我几个疑点。我推测秋月期望罗县令赎她出去，可当她发现自己误解时便大失所望，随后立即开始另觅一位主儿。这证明她渴望找到一位愿意带她走并娶她的人，是不是这样？"

"回大人话，师父真是这样想的！她经常对我和其他女孩说，被选为花魁皇后，正是找个有钱人，使将来生活有依靠的本钱。"

"没错。那么她为什么要拒绝像已故李琏那样有钱又英俊的人赎她呢？"

"回大人话，我也感到疑惑！我与姐妹们议论过这事，众姐妹都认为她一定有特别的理由，但姐妹们只能暗中猜测。师父对他们之间的关系守口如瓶，姐妹们从来都不知道他们……在哪里幽会。李公子邀她参加他的所有宴请，但是酒宴过后，他们从未用过酒店提供的私房，她也从未和李公子一起回到他住的客栈。听到李公子因为她而自杀，我……"她脸羞得通红，迅即看了狄公一眼，"哦，我是说，我实在不明白师父与举人间发生了什么事，因此我还曾向照顾师父的老妈子打听过，但是她说举人仅去过师父宅邸一次，当日夜里他便自杀了。而且俩人会面时，也仅有简短的交谈。自然，花魁娘子在乐苑可以为所欲为，或许她有许多地方可以用来与情人幽会。昨日午后，我曾斗胆问过她本人一回，但师父厉声呵斥我，叫我莫问闲事。我认为师父非常奇怪，因为她以前总是详尽地描述她与罗县令缠绵的感受，我还记得她绘声绘色地讲起那肥胖的县令如何行为，惹得众姐妹捧腹大笑……"

"不错！"狄公急忙打断她的话，"听我下属说，你歌唱得很好，是跟一个以前也曾是烟花女子的凌姑学唱的。"

银仙嗔怪地看了马荣一眼，道："我不知大人的手下如此多嘴！如果众姐妹得到风声，也都去求教，到时她们唱的曲子和我的一样，我唱的便没人听了。"

狄公笑道："本县自会为你保密！本县欲找这位凌姑聊聊这里的往事，但又不想让别人知道这次会见，所以本县不能正式传讯她。本县要你找个合适的地方让本县和她见上一面。"

银仙皱眉道："回大人，那恐有难处。老实说，我适才去见她时，她不让我进门，仅透过门说她咳得非常厉害，数日内不可能教我曲子了。"

狄公生气地说道："她不至于病得不能回答几个简单的问题吧？你先去通知她吧。半个时辰之后你再随本县一同到她的住处。"狄公起身补充道，"本县稍晚再过这里。"

银仙殷勤地将狄公和马荣送到门口。出门后，狄公对马荣道：

"我讯问凌姑时想要陶番德在场，因为他能够提出合适的建议。咱俩到那边的大酒店问一下哪里能够找到他！"

他俩运气不错，一名账房向他们通报，陶番德恰好在那里，他正在酒店后的仓库里检查一批新到的酒罐。

他俩走进去看见陶番德正弯着腰察看一个用泥土封口的陶制罐子。陶番德为在此处接待他俩而连声道歉，并欲领他们上楼品尝新酒。可是狄公道：

"陶员外，适才本县匆忙闯进来，只想告诉你，晚些时候本县要讯问这里一个三十年前也是名妓的老妇，本县以为你想去听听。"

陶番德情绪激动地说道："我自然十分愿意！大人，您是如何找到她的？这些年来我一直在找这么一个人！"

"看来知道她活着的人不多。陶员外，本县先到其他地方转转，回头路过这里时，本县带你一起去。"

陶番德深深谢过狄公。

他俩出门后，狄公又道："看来陶员外对酒店生意的投入要多于他今日午前对我所言。"

马荣咧开嘴笑道："何不尝一尝这新酒味，真是忒可惜了！"

温元的聚宝斋古玩店坐落于闹市街角。走进店堂，大小桌上摆着许多花瓶、雕塑、漆盒、古董，甚是琳琅满目。当店内伙计接过狄公的大红名刺奔上楼时，狄公向马荣耳语道：

"你和我一起上去。我就说你是个陶瓷收藏家。"他不顾马荣一脸的不愿意继续说道，"我要你在场做个证人。"

温元听说狄公来访，忙不迭下楼来，长揖稽首道："有失远迎，怠……怠慢。"遂迎狄公和马荣往前厅坐定，他薄薄的嘴唇抽搐着，慌乱得有点结巴。狄公道：

"温员外，本县听许多人说起你的丰富收藏，本县抵挡不住诱惑，遂前来这里瞧瞧。"

温元慌忙再次作揖。稍做镇定，待他明白狄公来意后，才稍微自然一点。他不在意地笑道：

"大人，我楼下的摆设值不了多少钱，那些东西只卖给来自内地的无知游客。允我带两位上楼瞧瞧！"

楼上店堂果然布置得雅致，尽是精巧古董，沿墙而立的架子上放着上等陶瓷藏品。温元将狄公和马荣领到店堂后面的小书房，让狄公在茶几边坐下，马荣站立于狄公座椅后。光线透过纸窗照射在挂于墙上的卷轴字画上，本就柔和的画色随着岁月流逝变得更为柔和。室内很是凉爽，但温元坚持要呈上一把绸扇给来客。在古董商给狄公沏茉莉花香茶时，狄公道：

"本县对古画和手迹很感兴趣。今日本县带了助手来，因为他是个陶瓷行家。"

"真是幸会！"温元热切地说道。他把一方形漆盒置于桌案上，从里面拿出一只细长花瓶，继续说道："今日午前，一男子将这只花瓶带给我，但我对这花瓶有些疑虑，不知这位大爷是否赞同我的看法？"

一脸不高兴的马荣皱起眉头瞪着两眼看着花瓶。温元见此，急忙将花瓶放回盒里，悔悟道：

"对，我也怀疑这是件赝品，但是我没有想到它那么糟。这位大爷对陶瓷很在行！"

马荣重新回到狄公身后，如释重负地站着，狄公和蔼地对古董商说道：

"温员外，坐下！我们随便聊聊。"一俟温元在对面坐定，狄公又似漫不经心地问道，"不谈古董，谈今日午前你在公堂上撒谎的事。"

温元凹陷的脸颊苍白得无一丝血色，结结巴巴道：

"大人，这……这从何说起……"

狄公冷冷打断道："你说你昨夜从白鹤楼径直回到这里。你以为无人看见你在青楼轩厅虐待软弱无助姑娘一事，但是有个丫鬟曾看见过你，并向本县报告了此事。"

温元暗吃一惊，脸上现出红斑。他舔了一下薄嘴唇，然后道：

"我以为没必要提这件事，大人。那些娼妇嘴贱，是要不时地给予惩罚，而且……"

"是你该罚！蔑视公堂，该重责五十大板！看在你年龄大的分上，减去十板，剩余四十板仍足以让你终身残疾！"

温元跳起来跪倒在地，在狄公面前连连磕头求饶。

狄公命令道："起来！你不会被打板子，可是你将在刑场上被砍首示众，因为你卷入了一起杀人案！"

"杀人？"温元尖叫起来，"大人，我从未杀过人！不可能……谁被杀了？"

"是李琏被谋杀。前十日，李琏午前到达此地时，有人偶然听到你跟他说话。"

温元惊愕地瞪大眼睛望着狄公。

马荣厉声道："就在码头边那株大树下！"

"但是我们谁也没……"温元开始说，但马上又改口，继续说道，"那就是说……"他突然打住，极力使自己镇定下来。

狄公厉声道："休要吞吞吐吐，老实回话！"

温元哭丧着脸道："但……但是如果有人听到我们说的话，那么你们一定知道我当时极力劝李琏莫干傻事！我告诉他，想要把冯岱之女弄到手恐无指望，冯岱日后也一定不会轻饶，还有……"

狄公打断道："你从头说起！最后如何发展到杀人这一步的！"

"一定是那无赖冯岱诽谤我。我与李琏之死毫无瓜葛，一定是冯岱自己杀了人。"温元深深地吸了口气，然后用比较平静的嗓音继续说道，"大人，我把知道的事情都原原本本告诉您！黎明时分，李琏的仆人来我古玩店。当时，我刚起床。他说李琏因船只相撞而被耽搁了，现在正在码头边等我。之前，我预计李琏前日夜里便该到达。我认识他的父亲李大人，他原是东台左相，因此我指望能与他儿子好好做生意。我以为他也许……"

狄公命令道："道出事情原委！"

"但是李琏并不想买什么古董，他要我帮忙安排与冯岱之女玉环幽会！那夜撞船时，李琏遇见玉环，如被勾去魂魄一般。他试图说服她在其船舱里过夜，但被她拒绝了。这傻瓜的自尊心受到伤害，便决定强迫她顺从。我试图向他解释这事恐无指望，因玉环守身如玉，其父冯岱不仅有钱有势，而且……"

"这本县早已知道。说说你是如何因嫉恨冯岱而改变主意的！"

狄公见温元紫胀的脸皮抽搐着，这证实他的猜测没错。温元用手抹了抹额上的汗水，沮丧地说道：

"大人，李琏的妄念对我是极大的诱惑。我确实罪孽深重，但是冯岱无论于公还……还是于私都瞧……瞧不起我，让我觉得自己像个傻瓜。因此我想，这次羞辱冯岱的良机绝不可失，成功则可以通过他女儿给他沉重的打击，即使行迹败露，也可归罪于李琏一人。小民心中如此算计，拿了主意，便对李琏道，我有一锦囊妙计，可以逼迫玉环就范，了却他的心愿。我让李琏当日午后到舍下来详细计议。"

温元说着乜斜了狄公一眼。狄公双目微闭，不露声色。温元继续说道：

"李琏匆匆用罢午膳便来到这里，求我面授妙计。我告诉他，以前这里有个官绅因被所爱的青楼女子抛弃，饮恨自杀。当时人人皆知冯岱正是那官绅的情敌，故而一时传闻是冯岱杀了那官绅。这风声一起，大人，人人都信以为真！我发誓，就在那官绅死于红阁子的那日夜里，我亲见冯岱在事发客栈后面鬼鬼祟祟地转悠。我确信是冯岱杀了那官绅，然后又布下自杀现场。"他清了清喉咙，继续说道，"我告诉李琏，冯姑娘对她父亲的事已有所耳闻，如果李琏透个消息给她，告诉她自己手中握有她父亲犯罪的真凭实据，她一定会来求见，因为她对父亲极为孝顺。这样李琏便可对她随意摆布，因为她不敢出面告他。我发誓我全说了，大人！我不知李琏是否依计透消息给她，也不知冯姑娘是否与李琏会面。我只知道，李琏死的那夜，我亲见冯岱在红阁子后面的花园里转悠，但我一点也不知道红阁子里发生的事。请相信我，大人！我说的全是真的！"

说罢他又跪倒在地并连连磕头。

狄公发话道："你适才一番话，还待一一验证。本县希望你说的都是实话！现在你把适才的供述完整地写下来，写明你曾在公堂上故意撒谎，并写明你听了秋月悄悄告知你银仙被绑在轩厅柱子上后，你便去了轩厅，因银仙拒绝你的要求，你遂用长竹笛凶狠地抽打她的臀部。起来，照我说的做。"

温元连忙站起，用颤抖的手从抽屉中拿出纸铺在桌上，但是当他用毛笔蘸上墨汁后，似乎不知从何写起。

狄公厉声道："我来口述，你写！余，状后署名者，供认于七月二十八日夜……"

当温元写完后，狄公叫他在供词上捺上拇指印，便又将纸推给马荣，要马荣当证人也在上面捺上指纹。

狄公起身，将供词放入袖中，并用寥寥数语作为结束语：

"本县在此宣布，禁止你长安之行。自今日起，你不得擅离这店堂一步，静候官署传讯发落。"

说完狄公便走下楼梯，马荣跟随在后。

十二
▼

忆当年 凌姑婆不堪回首
听往事 陶番德七情颠乱

当他们走在街上时，狄公道：

"我错看了你那两位虾蟹朋友，他们倒是提供了挺有价值的情报。"

"是的，那两个说得都对。虽然我得说有一半时间不懂他们——尤其是大蟹在说什么！至于温元，大人，您相信那卑鄙无赖适才的一番话吗？"

"有几分可信。我们因出其不意而使他措手不及。我断定他所说李琏垂涎冯玉环，他顺水推舟向李琏献毒计都是真的。这符合李琏傲慢专横的样子，以及温元胆小卑鄙的习性，还解释了冯岱为什么要急着将女儿嫁给贾玉波。这位年轻举子完全依靠冯岱过活，当他日后发现冯玉环不是处子之身时，也绝不敢将新娘退

· 109 ·

还给她父亲。"

"所以您确信李琏奸污了她，大人？"

"当然了，那就是冯岱杀死李琏的原因。他伪设现场造成李琏自杀的假象，正如三十年前一样，他掩盖了杀死陶匡的劣迹。"见马荣疑惑不解，他继续快语道，"必定是冯岱，马荣！他有作案动机和时间。我现在完全同意你朋友大蟹与小虾所说，李琏不像是那种为单相思而轻易自杀之人。一定是冯岱杀了他。除了作案时间和令人不得不相信的动机外，他还有三十年前就使用过的杀人手段。真遗憾，此案找不到其他的嫌疑人，虽然我对冯岱的印象甚佳，但是如果他确是杀人凶手，我还是要将他绳之以法。"

"也许冯岱可以为秋月之死提供一点线索，大人！"

"我当然需要线索！我们找到杀死陶匡和李琏之凶手并不能使我们进一步解决秋月死案。我确信秋月之死必定与前两案有关联，但我一时也无法证明这一点。"

"适才大人说相信温元所说关于李琏与玉环之事，那其他呢？"

"温元适才说他向李琏献计时，我注意到他已经回过神来。他当然不可能收回已经说出口的话，但是很明显，他已避重就轻。我感觉他与李琏还谈过其他他认为最好不要说的事。也好，我们会在适当时候弄清事情始末，他的事还没完呢！"

马荣点点头。他们继续前行，却再也没有说话。

陶番德已经站在酒店门前等候他们了。他们三人一起走到银仙居住的青楼房舍门口。

正是银仙自己开的门，她低声道："大人，凌姑羞于在其破旧茅舍见大人。她病得厉害，但仍坚持要我把她接来。我悄悄把她带到轩厅，此刻厅里没有其他人。"

银仙迅即将狄公三人带到轩厅。只见柱子旁边靠近后窗处，有一个身材瘦小的弓背的老妇坐在椅子里，她身穿一条褪色的褐色布裙，灰白而凌乱的头发披在肩上，布满皱纹的双手放在膝上。当她听得他们进来，便抬起那瞎了双眼的脸朝着门口处。

光线透过纸窗射在容貌毁损的脸上，深深的痘痕布满凹陷的双颊，脸面上显出不健康的红斑，暗淡的眼睛奇怪地静止不动。

银仙朝她走去，伏在她耳边轻声道：

"凌姑，县令狄大人来了！"

凌姑欲起身行礼，狄公迅即用手按住她的肩膀，缓慢地说道：

"请不必拘礼。凌姑，你何必大老远赶到这里！"

瞎眼凌姑道："老奴悉听大人吩咐。"

狄公不觉仰身大惊。他从未听过如此圆润动听、令人愉悦的嗓音。这嗓音从容貌毁损的老妇口中发出，似乎残酷而又怪异得令人无法接受。他控制住情绪继续说道：

"凌姑，当年你叫甚艺名？"

"大人，叫碧玉。当时我嗓子好，容貌……秀，受人仰慕。十九岁时染病，而且……"她声音逐渐低下去。

"那时，"狄公继续说道，"一个叫翠玉的青楼女子被选为花魁娘子，你可知道？"

"知道，但是她死了。三十年前时疫猖獗，我是第一批染上此病的。才几周我就听说翠玉死了，而我却捡回这条命。她在我染病数日后染上此病，却已命归黄泉。"

"本县猜测，当时翠玉有不少追求者吧？"

"对，她有许多追求者，但其中我多半不认得。我只认得两个人，一个叫冯岱，另一个叫陶匡，都是这乐苑的。我病愈以前，陶匡与翠玉就已相继过世。"

"可曾有个叫温元的古董商也企图追求翠玉？"

"温元？对，我也认得。我等均避着他，因为他以伤害女子为乐。我记得他曾送给翠玉许多值钱的东西，但她甚至不愿瞧上他一眼。这温元如今还活着吗？如果他还在的话，现在一定已经六十几岁了。都是多少年以前的事了。"

窗外，有一群大声嚷嚷着的青楼女子经过，复又传来一浪荡公子的笑声。

狄公又问道："以你之见，冯岱是翠玉最中意之人，这传闻可是真的？"

"如果我记得不错的话，冯岱是个美男子，坦率又可靠。我以为很难在他和陶匡之间做选择。陶匡也同样英俊潇洒又可靠正直，并且也很钟情于她。"

"也有传闻说，陶匡是因为翠玉更钟情于冯岱而轻生自尽的。凌姑，你认得他，你认为陶匡可能这样做吗？"

凌姑并未即刻回答。她抬起瞎了眼的脸，聆听着楼上传来的琵琶乐声。老是一个调，循环往复。她说道：

"姑娘们应该把乐器弹好些。对，陶匡深爱着翠玉，也许正是为了翠玉他才寻短见的。"忽然传来陶番德急速的吸气声，她问道：

"大人，你身边还有何人？"

"本县一位随从。"

"那不对，"她平静地说道，"我听见他喘气来着，他也一定认得陶匡。大人，他可能会告知更多的内情给大人。"

凌姑突然剧烈地咳嗽起来。之后她从袖里抽出破旧的手绢，不停地擦拭嘴唇。当她放回手绢时，可见上面有鲜血斑斑。

狄公意识到凌姑病得不轻。等到她感觉好些了，他连忙道：

"又有人说，陶匡并非自杀，而是死于冯岱之手。"

凌姑慢慢地摇着头：

"这是恶意诽谤，大人。陶匡与冯岱是莫逆之交。我曾听得他俩一起议论翠玉，我知道如果翠玉选中他们其中一人，另一人一定会尊重她的选择。但是据我所知，她并没有在他俩之间做选择。"

狄公向陶番德使了个询问的眼神，陶番德摇了摇头，似乎该问的都已问了。凌姑又以那银铃般的声音道："我以为翠玉要的男人既要俊美，又要忠诚和富有。她眼界很高。除此之外，还要放荡不羁，肯为所爱的女人不惜挥霍一切，包括钱财、地位和名誉——这一切都要漫不经心地丢之脑后，再也不去想它。"

凌姑话止，狄公眼光定格在纸窗上。琵琶的旋律令人恼怒地重复着，刺激着他的神经。他竭力控制住自己。

"凌姑，本县很感激你。你一定累了，本县这就叫人遣轿送你回去。"

"大人想得周到。多谢大人。"

话音里带着献媚的语气，声调是青楼女子的嗲声，就像在礼貌地打发爱慕者。狄公一阵心悸，转身示意其他人一起离开轩厅。

走出厅外，陶番德喃喃道：

"她的声音还在耳边嗡嗡。奇怪……过去的阴影。容小人回去细细回想，大人，在下先告辞了。"

狄公点头同意，然后向马荣道：

"马荣，你去为凌姑备轿，将轿停在这后门，帮银仙扶凌姑入轿，不要惹人注意。我还要去会见一个人，一刻时后，便可回转红阁子。"

十三

舍千金 马荣青楼赎佳人

叹处境 玉波酒后吐真情

马荣去店铺租了一顶等候在那儿的小轿子，并预先付给他们酬金和优厚小费。他们跟在马荣后面一路轻快小跑来到青楼后门。银仙与凌姑已在院内站着等候。

银仙助凌姑入轿，然后闷闷不乐且目不转睛地看着轿子远去，消失在街角。见她神色黯淡，马荣不自然地咧嘴道：

"别愁眉苦脸的，可人儿！你不必担忧什么，放心将所有问题留给咱们大人处置。我平时总是这么做的。"

银仙怒气冲冲道："你当然是的。"她自顾入内，将马荣关在门外。

马荣丈二金刚摸不着头脑——也许她是话中有话。他朝街上走去，一副闷闷不乐的神情。

当他在人群中回首，看见妓院执事厅的大门时，突然止住了脚步，望着进进出出的人流，他若有所思，而后又慢步向前走去。看来他正处于深思中，试图做出重大决定。突然，他扭回身，走向妓院执事厅，并用肘部推开门走了进去。

一群男人，汗流浃背，拥挤在长柜前，高声叫喊着向一伙民丁挥舞着红纸条。那些个男子或是餐馆和茶馆的老板或是拉客的，红纸条上写着嫖客各自想要的青楼女子的名字。一旦有人将红纸条递给民丁后，后者便当面查阅花名册。如果该女子有空，民丁就会在花名册上填写时间和妓院名称，在红纸条上盖印，然后将纸条交给闲坐在门边供差遣的童仆。童仆将纸条直接送达烟花女子住处，该女子便按时前往指定处。

马荣推开守门人，从长柜尽头的边门闯进去。他径自走往事务所里间，民丁头目正埋首于他那张大桌子前。这头目肥硕无比，一脸奸猾相。他用懒散、眼皮下垂的小眼睛傲慢地望着马荣。

马荣从靴中抽出衙门的牌符，丢在桌上。肥硕男子仔细看过后，抬头露出笑容，客气道：

"马爷，愿意为您效劳。"

"我要赎回一个叫银仙的乙等姑娘。"

肥胖男子噘起嘴，打量了马荣一眼，便从抽屉中拿出厚厚一本花名册。他一页一页翻着，终于找到银仙的名字，慢慢地看着。他故意清了清嗓门道：

"我们买下她时只用了一锭半黄金。但是这姑娘人见人爱，又善唱曲，我们给她买贵重衣服穿，票据都在这儿。费用总计……"他伸手去拿算盘。

"少啰唆！你们在她身上花了些许银两，而她赚回至少五十倍的钱。所以我出原价，而且付现金。"

他从怀里掏出叔叔留给他的两锭黄金，除去包裹皮，将金锭放在桌上。

肥胖男子瞪眼瞧着这两锭黄金，双手慢慢搓着下巴，脸上装出一副愁眉苦脸的样子，内心却在想他可不敢违抗衙门公人，冯大老板不喜欢那样。尽管很遗憾，可这恶煞般的爷们似乎有点迫不及待。他要是个不相干的人，自己定要收他双倍的价钱加丰厚的小费。今日就算是倒霉了。肥胖男子打了一个嗝，长叹一声，从花名册里扯下一份密封的文契，交给马荣，然后熟练地数出找头——二十两纹银。他留恋不舍地慢慢摸着最后一两纹银。

"好好将银子全包起来！"马荣命令道。

肥胖男子紫涨着脸抬眼朝马荣看了一眼，然后慢吞吞地用一张红纸包起纹银。

马荣将包好的纹银和那些文契纳入袖中，走出门外。

他心想，适才他做了一个正确的决定，是该我这大男人过安定生活的时候了，难道还会有哪个女子比同村的银仙更适于与他相伴终身？他的薪俸养家毫不费力，这要比先前惯于把薪俸全都用在饮宴和卖身女子身上强多了。唯一糟糕的是，同僚乔泰和陶干定将没完没了地取笑他。罢了，由他们去！银仙足以让他们马上闭嘴！

他路过街角的永乐客栈时，见酒店招牌似在向他招手，便决定进去喝上两盅。

他掀起门帘，却见嘈杂的酒吧间里早已坐满了人，只有窗前的一张酒桌边还有一个空位，空位边坐着一位满脸消沉之色的后生，他正对着空酒壶发呆。

马荣赶紧从酒桌间挤身过去，问道：

"贾相公，不介意我坐在这里吧？"

后生脸上一亮。

"请坐！"随即他脸色又一沉补充道，"抱歉，不能请你喝酒，我剩下的几个铜钱全买了这最后一壶酒。冯员外答应给的借款还未到手。"

他的说话声有点含糊不清。马荣在想，这最后一壶酒定是妙不可言，遂快活道：

"我请你喝酒！"他叫来侍者，要了一大壶酒。他付了钱，并将两只酒盅斟满。

"祝好运！"他一饮而尽，又马上斟满酒盅。贾玉波也一饮而尽，再斟满酒盅，然后愁眉不展道：

"谢了！我自然最需要好运气！"

"你？我的天，老兄，你，冯岱未来的东床快婿？娶赌场老板的独生女做夫人，这可是我所听过的从赌桌上赢钱的最妙一招。"

"说得不错！这恰恰是我需要运气——满满一篮子运气——来摆脱困境的原因。都是那温猪使我陷入这可怕的困境！"

"我仍不明白你有什么麻烦。但是温元确是个狗娘养的，这一点我同意！"

贾玉波用湿润润的眼睛长时间看着马荣，然后说道：

"既然李琏举人已经作古，计划落空，我说出来似乎也不甚要紧。那，长话短说，我在赌桌上输钱时，那个自命不凡的李琏正坐在我对面。那畜生先笑我不顾一切地玩赌博游戏，后又问我是否愿意赚钱，把输掉的钱补回来。我说，当然愿意，即使不择手段。他便带我到温元的聚宝斋古玩店，他们正在策划陷害冯岱的阴谋。温元想找冯岱的麻烦，李琏可施展他在京城的影响力，让温元取代冯岱出任乐苑的里正。自然，李琏不会白白破费，那意味着日后的高官厚禄！他们两人要我骗取冯岱的好感，让我当冯宅中的坐探，又要我将一只小盒暗地藏入冯宅。就这些。"

　　"这两个卑鄙无赖！你答应做了吗，你这傻瓜？"

　　"别骂我，老兄！你以为我喜欢在这里受穷吗？此外当时我也不知冯岱人品如何，或许他像那些人一样，也是个大骗子呢。你别打断我，我叙述时很难保持思绪不乱。顺便问一句，你适才是不是说过要请我共享这壶酒？"马荣又为他斟满酒盅，贾玉波贪婪地喝着，继续说道，"好，李琏告诉我一定得去见冯岱并向他借钱，说乡试后归还；还说冯岱似乎有意于落魄却有才华的我。

　　"事已至此，我想不妨一试。当去见冯岱时，我才发现他为人正派，举止文雅。他不但同意借钱与我，而且似乎对我颇有好感。次日，他便请我用膳，再后日又请用膳。我见过他女儿，十分媚人。也见过陶番德，满腹经纶又精熟诗赋。他读了我写的诗作后说有怀古和雅致的格调。"

　　贾玉波又斟满酒盅，深深饮一口，再继续说道：

　　"两次饭局后，我去找温元，告诉他我不愿在冯宅当坐探，因为冯岱是个正人君子。正是为此缘故，作为读书人，不会去刺探正人君子的消息。我又补充道，我倒不在意去刺探他温元、李琏及其狐朋狗友的消息。我也许还说了一两句其他的话，温元大怒，高声道，他们不会为此付给我一分钱，因为李琏已经改变主意，整个计划也落空了。此言正合我意。由于冯岱借与我十两银子，我遂前往青楼寻乐。在那里见到一位姑娘，她是我所见过的最艳丽温顺的佳人，是那种我一生等待的女子。"

"她也会作诗吗？"马荣起疑道。

"感谢老天。不！她只是温顺、天真、善解人意的姑娘！温顺的那种，如果你知道我所指为何的话。她言语不多，老天保佑她不识字！"他打着嗝又道，"念过书的女孩都十分敏感，而我自己已经够敏感的了。不，老兄，家里只能有一个人作诗，唯我能够作诗！"

"那你为何生气？"马荣嚷道，"天哪，还真有人有此艳福！你不仅要娶冯姑娘为妻，还要纳个姑娘——我指温顺的那个——为妾哩。"

贾玉波坐直身子，费力地欲看清马荣，并孤傲地说道：

"冯岱是个君子，冯小姐可不是荡妇，她是个知书达理、审慎稳重的女孩，尽管她有一点敏感。冯岱对我有好感，冯小姐也喜欢我，我对他们也颇敬重。你认为我是那种无赖吗，接纳冯岱的女儿，再拿他的钱为自己纳妾，养在家里？"

马荣若有所思道："我知道许多人都会抓住这样的机会，包括我自己。"

"很高兴我不是你这种人！"贾玉波不悦道。

"反过来说也一样！"

"反过来说也一样？"贾玉波慢慢重复道，深深皱起眉头，勾起食指来回指着马荣和自己，咕哝道，"你……我……你……我，"他突然嚷着，"你，你小觑我，官爷！"

"扯淡！"马荣愤怒道，"你误解我了！"

"抱歉，"贾玉波生硬地说，"我一心想着自己的不幸。"

"那，你有什么打算？"

"我不知道！只要我有了钱，就赎那姑娘出来，远走高飞，然后再去帮陶番德的忙。你知道的，他喜欢冯小姐，但又不想表露出来。"他弯腰凑到马荣身边用嘶哑的声音耳语道，"要知道，陶员外有顾忌。"

马荣深深长叹一声。

"年轻人，你这次不妨听听世故男人的话！"他不耐烦地说道，"你和陶员外，以及你们这些过于多虑的文人墨客，都只会把简单的事情复杂化。我告诉你该怎么做。你与冯小姐结发共枕，然后把你第一个月的精力全部给她，直到她变为不敏感的姑娘，向你恳求稍事休息。然后你说好吧，待她获得喘息的时候，你就可再为自己纳一个温顺的小妾，你妻子将会非常感谢你，那小妾也会非常感激你，她俩都可以按照你的意愿变为温顺或倔强。然后你再出去为自己纳第三个妾，这样当她们惹麻烦时，你总是可以提出四人玩打牌游戏，这正如我们家大人对他的三位夫人所做的，但他可是个学者和君子。既然提到了我家大人，我最好现在就走！"

他将酒壶凑到嘴边，一饮而尽。"谢谢阁下同我一起喝酒！"他说完就走，只留下愤愤不平的贾玉波——他正在为寻找合适的答词而愣在那里。

# 十四

▼

再说狄公离开青楼房舍后，径直来到冯岱官署。在官署门外，狄公将衙门名刺向管家出示。冯岱不曾料到狄公突然来访，不一会便匆匆抢出衙厅进入前院迎接。冯岱忙着打听李琏、秋月两案之进展。

狄公平静地说道："颇有进展，对些许内情也有点眉目。在做出判决前，我想与冯公，还有令爱就此探讨一番。"

冯岱迅即看了狄公一眼，缓慢道：

"我想大人欲机密会谈。"见狄公点头，他继续说道，"允我引大人至午前大人与陶番德说话的花园亭子。"

他大声吩咐管家，然后带狄公穿过豪华的大厅和走廊来至官署后花园。

当他俩在亭内小茶桌前坐定后，管家倒了两杯茶便退了下去。须臾，身段苗条的玉环从花园小径走来。她穿着午前时穿的那黑色缎子服。

冯岱将小女引见给狄公后，玉环便站在父亲座椅边，眼睛羞怯地朝下望着。

狄公身子仰靠在椅背上。他徐缓地捋着额下长须，对冯岱道："有人报说，李琏自那夜撞船见过你女儿后，便对她萌生歹念，之后还传信给她，约她晤面。倘若她不去红阁子赴约，李琏便要将冯公以前杀人的确凿实情公之于众。再次，李琏死的那夜，偏巧有人在红阁子附近见过你冯公。不知这些话可是实情？"

冯岱听此，吓得面无人色。他咬住嘴唇，搜肠刮肚，无言以对。此刻，他女儿抬眼镇静地答道：

"此话不假。爹爹，否认没用，小女觉得终有一日会真相大白。"冯岱蠕动着嘴，欲开口说些什么，但是她却坦荡地望着狄公，继续快语道，"事情原是这样发生的。那夜撞船时，李琏坚持亲自上船向我道歉。他言辞够客气，但是一俟我的丫鬟跑去泡茶后，他就原形毕露。他对我大加颂扬，并说既然我们两艘船要并排度过这一夜，也许我们也该好好利用这段时间。他对自己的魅力和地位过于自信，因此当我严词拒绝，且毫无松口余地时，他便勃然大怒，发誓说总有一天他会拥有我，不管我愿不愿意。我留下他一人站着，回到自己的船舱里，从里面将门闩上。我回到家后并未将此事禀告父亲，我怕他会去找李琏论理，反而使自己陷于困境。为这件事这么做并不值得。另外，李琏显然喝醉了。可就在李琏被杀当日的午后，那无赖捎信于我，大意正如大人适才所说的那样。"

冯岱张嘴欲言，但是她将手置于其肩上，继续说道：

"大人，我敬爱父亲，我愿意为他做任何事。确有传言，说多年前我父亲做了件于己不利的事。那夜我不告而别，悄悄去了红阁子。为了不惹人注意，我从后门进去。当时李琏正坐在书案边写东西。他对我的到来表示很高兴，并说他早就知道我是他的，还说这是老天爷的旨意。我试图要他透露我父亲谋杀的事，但是他老是避而不言，我说我知道他在撒谎，并说我这就回家把一切全都告诉我父亲。他跳将起来，谩骂我，撕破了我的袍子，发狠说他当时就要我。我不敢呼喊求救，毕竟是我悄悄去他屋里的，倘若有人知道我在他屋里，我的名声和父亲的名声都将毁损。我想我可以不让他贴身，便尽力反抗，抓破了他的脸和胳膊。他残忍地侮辱我，这就是证据。"

她不顾父亲的反对，平静地解开上身袍子，但见她肩部、胸部、双臂上部青一块紫一块的。她穿好袍子继续说道：

"争斗时，桌上的纸被推至一边，我见到他的匕首放在那儿。我假装放弃反抗，倒伏在书案边。当他放开我的双臂解开我的腰带时，我手持匕首警告他，倘若他不停止我会杀了他。等他想再来抓我时，我便用匕首狠命一戳，突然鲜血从他的颈脖处喷射而出。他身子一沉倒在椅子上，发出可怕的咯咯声。

"当时我几乎发狂，便没命地穿过花园跑回家去，并将发生的一切全都告诉了父亲。以后的事父亲会详尽告诉大人的。"

她略躬身，万福施礼，顺着台阶冲下了亭子。

狄公以询问的眼神看了冯岱一眼。冯岱使劲抻着连鬓胡须，清了清喉咙，悔恨地说道：

　　"唉，我竭力想让女儿平静下来，对她解释说她没有罪，她是无辜的，因为一个弱女子在遭遇强暴时有尽力防卫自己的权力。另一方面，我说，倘若公开处理此事，我们父女俩都将陷于尴尬。这将影响到女儿的名誉，虽然将我与多年前旧案牵扯在一起的传闻完全没有事实依据，但是我不愿意看到这两件事再次绞在一起，因此我决定采纳一个……啊……不合法的行事方式。"

　　他停了一下，呷了一口茶，随即用更为坚定的声音继续说道：

　　"我赶去红阁子，发现李琏倒在客厅的椅子上已经气绝了，正如我女儿所述。书案和地板上几乎没有血迹，衣袍浸染了大部分的血。我当即决定伪造李琏自杀的现场。我将尸身搬入红阁子卧房，放在地板上，又将匕首塞入其右手。随即我再将客厅案上的信笺与几张票据挪到红阁子房内的书案上，锁了房门，从露台悄悄离去。由于红阁子卧房内的唯一窗户被拴住了，我希望李琏之死被解释为自杀。事后也果然被说成是自杀。秋月道出她先前拒绝李琏的话，提供了他自杀的动机。"

　　狄公道："我以为，你在被人叫去勘察，又将门撞开之后，乘机将钥匙插进锁孔里，是吗？"

　　"确实如此，大人。我之所以将钥匙随身带走，是因为我知道，尸身一旦被发现后，我将是人们报官要找的第一人。是夜，客栈掌柜便来找我，我们找到罗县令后便一起赶到红阁子。卧房门被撞开之后，正如我所料，罗县令和几个衙役直接赶至李琏尸身前察看，我乘机迅即将钥匙插入锁孔。"

"正是这样。"狄公道。他捻着胡须思索了一阵，随即漫不经心地说道：

"为使骗局天衣无缝，你应该带走留着李琏最后笔迹的那张纸片。"

"为什么？大人，那好色之徒显然想着秋月！"

"不，李琏想的并非秋月，而是你女儿。那两个圆圈是玉环之意。等他画完两个圆圈之后，脑中所想的是，两个圆圈像满盈秋月，所以他连写了秋月两字三遍。"

冯岱飞快地瞥了狄公一眼。

"天哪！"他惊叫道，"千真万确！我怎么没有想到这一层，我真是傻！"他窘迫地补充道，"我以为这些谜都已揭开，这件案子可以重审了？"

狄公呷了一口茶，眼睛看着花儿盛开的夹竹桃。两只蝴蝶在日光下寂静的花园里飞来飞去，似乎远离乐苑的喧嚣生活。他转身面向园子主人，微笑道：

"冯公，你女儿是个有胆量、善于随机应变的女孩。她的陈述，以及你适才的补充，似乎揭开了李琏死案之谜。本县现已明了他双臂上的抓痕是如何来的，但是，我们仍然无法解释李琏脖颈上的青痕紫肿。难道你女儿没有注意到这些？"

"没有，大人，我也没有注意到。也许只是三两条肿痕。至于大人对我们父女罪过的裁决，大人，您是否打算……"

狄公打断道："依律，女子杀死欲强奸她的男子无罪。但是，冯岱，你伪造现场，那是重罪。在判罚前，本县还需进一步了解你女儿提到的昔日的传闻。本县假定她所说的传闻指的是三十年前你杀死陶番德父亲陶匡一事，因为他是你的情敌，可对？"

冯岱坐直了身子，沉重地说道：

"大人，这是恶意诽谤，我绝没有杀陶匡，他是我最要好的朋友。不过当时我深爱着花魁娘子翠玉倒是真的，娶她确是我当时最大的愿望。那时，我才二十五岁，刚被任命为乐苑里正。我的朋友陶匡，其时二十九岁，也同时爱上了翠玉，那时他已成婚，但是并不怎么快乐。然而，我俩都仰慕翠玉的事实并没有影响我俩的友谊。我们曾达成共识，尽己所能地赢得她的欢心，被拒绝的一方不得对另一方心怀妒忌。但是，翠玉似乎不愿在我们两者之间做选择，故而一再拖延。"

他犹豫了一下，慢慢摸着下巴。显然，他内心翻腾剧烈，不知从何说起。最后，他开口道：

"我想我最好还是从头至尾都说给大人听。实际上，早在三十年前我就该说出来了，但是我做了一回傻事，当我醒悟过来后，已为时太晚。"他深深地叹了一口气，"当时除了我和陶匡外，还有一位追求者，也就是古董商温元。他企图赢得她的欢心并不是因为爱她，只是为了他那愚蠢的一己之私。为了想证明他与我或陶匡一样，也是这世上珍爱美女的男子，他曾贿赂翠玉的贴身丫鬟暗中窥视翠玉，并怀疑我或陶匡是她的秘密情人。就在我和陶匡执意要翠玉做出她的选择时，那受贿的丫鬟告诉温元说翠玉已有身孕。温元立即找到陶匡，告知他这消息，并对他说我是她的秘密情人，还说翠玉和我在耍弄他。陶匡知道这事后立即闯进我屋里，但毕竟他是个聪明正直的男子，尽管脾气有点暴躁，经我稍作解释后，他就明白我与翠玉并没有亲密关系。接着我们便商量今后该怎么办。我本欲与陶匡一起去找她，告诉她我俩已发现她爱着另一个男人，今后我俩不会再去打扰她，并想央求她告诉我们谁是那第三者，因为我俩仍乐于做她的朋友，乐于在她有难时帮助她。

"不过，陶匡不从。他怀疑翠玉故意让我俩相信她在我们之间犹豫不决，以便得到更多的钱。我对陶匡说，那不是她的性格，但是他不听，拂袖而去。他走后，我思量着这情形，决定有责任在他做出傻事前再与他面谈一次。在去陶家的路上，我遇见了温元，他兴奋不已地告诉我，他适才见过陶匡，并将那日午后翠玉将在红阁子与她秘密情人相见的消息告知了陶匡。他又说，陶匡已经去那里欲查明那男子是谁了。我生怕陶匡会坠入温元的阴谋陷阱，遂穿过花园，从小径奔进红阁子。当我跨上露台时，只望得见陶匡的后脑勺，他正坐在客厅的椅子上，我喊他的名字，却不见他动，等我走进屋里，只见他胸前一片血污，一把匕首插入喉部，早已气绝了。"

冯岱用手遮住脸沉默了一会后，又茫然地望着花园。他竭力控制住自己，继续说道：

"我站在那里，呆呆地望着朋友的尸体，忽然听得有脚步声从走廊里传来。我马上意识到，如果我在那里被人发现，肯定会被怀疑是出于妒忌而杀死陶匡的。于是我奔了出去，闯进花魁娘子的阁子，可是那里没人，我只好先行返家。

"当我坐在书房，仍试图寻找可能的解释时，县令手下来传我去红阁子，说有人在那里自杀了。我进去时发现县令和他的手下都已经在红阁子里了。是一仆役先从装有铁栅栏的窗外看见陶匡的尸身的。由于红阁子卧房的门锁着，钥匙躺在房内地板上，一把匕首紧紧握在死者手中，县令便裁断陶匡自刎而死。

"当下我不知如何是好。显然在我逃离红阁子后，凶手将死尸从客厅搬入卧房，以制造自杀的场面。县令问客栈掌柜陶匡自杀动机时，掌柜提到陶匡爱上花魁娘子之事。县令派人去传翠玉，她说陶匡确实爱上了她。令我十分惊讶的是，她说陶匡提出要替她赎身，但被她拒绝了。她站在县令面前道出这些虚假话语时，我竭力想与她正面对视，可是都被她回避了。县令当场裁断，这是一起普通自杀案，就放她走了。我亦欲一走了之，但是县令命我留下。其时，天花时疫开始蔓延，这也是金华县令来到乐苑的原因。整整一夜，他让我忙着拟订防止时疫蔓延的措施，还吩咐将一些病死者所居住的房舍焚烧掉。这样，我就没有机会去见花魁娘子问个究竟了。

"自此我再没见过她。第二日午前，当衙役点火焚烧其房舍时，她与众姐妹一起逃进林子里。她在林子里得了病，随后便死了。我只得到她的几封书信，那是一个姐妹在她尸身被焚烧前从她身上找到的。是县令下令用大捆柴火焚尸的。"

冯岱面如死灰，额眉上尽是汗珠。他摸索着拿起茶杯慢慢饮着，随后继续用疲倦的嗓音道：

"我当时就应该告知县令，陶匡的自杀现场是伪造的，何况将凶手捉拿归案本来就是我的职责。但是我不知翠玉陷得有多深，加上她已经死了，而且温元见过我去红阁子，一旦我认真申诉，温元便会指责我杀了陶匡。我是可悲的懦夫，只得继续保持沉默。

"十余天以后，时疫得到控制，乐苑生活逐渐恢复正常。这时，温元来见我，说他知道是我杀了陶匡，并说是我布置了自杀现场，如果我不把里正的职位让给他，他就要到衙门告我。我跟他说，去告好了，我很高兴谜底将会揭晓，因为沉默已日渐加重我的压力。但是温元是个狡猾的恶棍，他知道他没有证据，仅能恐吓我。所以表面上他虽不说什么，暗地里却传布谣言，暗示我要对陶匡之死负责。

"四年后，我已不再想起翠玉，也娶了妻室，生下小女玉环。她成人后，遇见陶匡之子陶番德，他俩似乎都很喜欢对方，我也真心希望他俩能结为连理。我觉得我们两家联姻正可再次确认我与朋友陶匡生前的友谊，我一直遗憾没能为他报仇。但是，一定是温元散布的谣言传到了陶番德的耳中，我注意到他对我的态度有了变化。"他忽然停下，脸色忧郁地瞥了狄公一眼，"我女儿也注意到陶番德的变化，因为有很长一段时间，她神情抑郁。我曾设法替她另择夫婿，但她全看不上眼。她是个很有主见又非常任性的姑娘，大人。这也是我见她对贾玉波有兴趣而感到高兴的原因。我本来一直偏向于找熟悉的本地男子，但是我再也不忍看她闷闷不乐的样子。后来陶番德明确向我表明无意玉环，并提出愿为他俩订婚做媒。"

冯岱强忍住激动，徐徐道：

"大人，关于三十年前发生的事，我发誓我所说的句句实言，现在您什么都知道了。"

狄公缓缓点头，呷了几口茶后继续说道："倘若你对我说的确是实情，那么这里必定有一个十分残忍的凶手。三十年前，他在红阁子杀死发现他是翠玉秘密情人的陶匡。昨夜，他再次在红阁子肆虐，这次死的是秋月。"

"可是，仵作的尸格证明，秋月死于心病猝发呀，大人！"

狄公摇摇头。

"本县对此不十分确定。并不是我相信巧合，冯公，而是这两件案子太相像了。那不知名的男子曾一度与花魁娘子纠缠，三十年后又与另一位花魁娘子有瓜葛。"他敏锐地看了冯岱一眼，又道，"说起秋月之死，我有一种感觉，你还没有告诉我关于秋月的全部秘密，冯公！"

冯岱并不掩饰自己的惊讶，双眼瞪着狄公。

"我知道的都告诉您了，大人！"他惊叫道，"此案我唯一不愿涉及的是秋月与罗县令的短暂纠葛。可是大人您很快便识破了这段情。"

"确实如此。那我今天就问这些，回去后我会详尽考虑该采取什么措施。"狄公起身，冯岱将他送至院门。

# 十五
▼

寻证人 马荣路遇响马盗
挥铁球 小虾勇杀剪径贼

狄公见马荣已在红阁子露台等他，便开口道：

"马荣，适才我听得一段有趣的故事。似乎所有问题的答案都可在这往事中找到。我们必须立即去见凌姑，她可以提供辨认杀死陶匠凶手的线索，我们也就可以知道是谁促使秋月猝死的。我将……"他吸了吸鼻子，"这里有一股臭味！"

"我也闻到了。或许是树丛里瘟狗死猫的臭味。"

"进屋里说话吧，我要换件衣服。"

他们走进起居室，马荣将两扇门关紧。他一边帮狄公穿上素净官袍，一边道：

"大人，我来这里之前，曾与贾玉波一起喝了几盅。大蟹与小虾说得对，那温元确实曾与李琏一起策划过由他取代冯岱的阴谋。”

“坐下！我想听听贾玉波都说了些什么。”

马荣一五一十说完后，狄公满意地评论道：

“这便是温元省去未说给我们听的话！我记得当时曾对你说过，我有种奇特的感觉，他似乎隐瞒了些什么事。或许温元和李琏策划将一些反朝廷的文书放入盒内，再由贾玉波将盒子暗地藏入冯岱住宅，这样他们就可以向官署告发冯岱。但是这招没能奏效，因为计划取消了。噢，适才我与冯岱父女长谈过一次，显然李琏并非自杀，而是他杀。”

“大人，他杀？”

“对。听听冯岱父女说些什么。”

狄公将花园凉亭内的谈话对马荣说了个大概之后，马荣略带羡慕地说道：

“真是个厉害女子！难怪贾玉波闪烁其词，他太敏感了！我现在明白贾玉波为什么不那么愿意娶她了，娶她意味着麻烦无穷！噢，大人，那么李琏的案子可以了结了。”

狄公缓缓摇着头。

“并非如此。马荣，你经历过多次格斗，你告诉我，你认为玉环可能用右手拿匕首割破袭击她的对手的右侧吗？”

马荣噘了噘嘴。

“不太可能，但是，也不是不可能，大人。两人扭作一团时，什么怪事都可能发生！”

“我明白了，我只是想验证一下。”狄公思考了一会儿，然后道，“我想我最好还是待在这里。我想把全部头绪理一理，以便确切地知道该问凌姑些什么问题。你去请大蟹领你到凌姑的茅屋。不要敲门，只要让大蟹指点一下位置即可。然后你循原路返回，再陪我一起去。"

"大人，我们自己就能很容易地找到凌姑的住处。我知道在河边趸船对面的什么地方。"

"不，我不想在那里到处打听凌姑的住处。凶手也许就在那附近溜达，而凌姑也许是唯一能够提供凶手线索的人。要沉住气，我且在这里等你。现时，我还有许多疑点要思考！"

这么说着，狄公又脱下外袍，将官帽放在案上，伸手伸脚躺在睡榻上。马荣将茶几挪了挪，以使狄公伸手便能够着茶几后才离去。

马荣径直去了赌馆大厅。他想，既然已过正午许久，大蟹与小虾一定睡过午觉后回到赌馆来了。果然他在楼上见到他俩正一脸认真地看着赌桌。

他说了来意，又道："你俩中有一个带我去就行。"

大蟹道："我们一起去，要知道，小虾与我是搭档。"

小虾道："我俩刚从那里回来，但是小小的练腿对我俩是有好处的，不是吗，大蟹？也许，我儿子会从河边回来。我去找人说换班的事。"

驼背小虾下楼后，大蟹将马荣带到露台上。他们在那儿刚喝过几杯，就见小虾回来说，他已安排两伙计换班半个时辰。

他们三人一起出了赌厅，穿过喧嚣闹市，一路西行，不久便走入街头小贩与奴仆居住的棚户区的小巷，穿过小巷后他们来到一片荒地，此处遍地草丛，马荣半信半疑道：

"你难道不会挑选一个宜人的地方住下吗？"

大蟹将手指向另一边，那边有一片高大的树木。

他道："穿过那片树林，你就会发现那里的环境非常宜人。凌姑便住在那紫杉下的小茅棚里。我家还要再过去一点，在河边杨柳树下。荒地也许不宜人，但却将我们与闹市隔开了。"

小虾又道："在家里，我们喜欢安静。"

大蟹走在前面，拐入林中羊肠小道时，忽然听得前面树枝瑟瑟有声。两个汉子从草丛中跳将出来，一个抓住大蟹的双臂，另一个用圆头木棒狠命地朝他胸部一击。当他欲提棒打大蟹头部时，马荣跃身向前，狠命一拳砸在他的下颚，那歹徒滑倒在地，而大蟹却在一旁痛苦地呻吟着。马荣转向第二个歹徒时，那歹徒却拔出长剑，马荣迅疾后退一步，及时地躲过了对着他胸部刺来的剑。这时又有四个歹徒出现，三人均手里持剑，另一人提起短矛喊道：

"围住他们，将他们砍死！"

马荣见势不妙，心想，最好能够从高个歹徒手中夺过那短矛。但是他必须首先让小虾脱离险境，因为即使夺过短矛，他也无法肯定自己能够与这几个恶棍长时间对峙。他一脚踢开刺来的短矛，但是那歹徒并不松手。马荣回头向小虾喊道：

"快去找救援！"

驼背小虾在他身后缓缓说道："你让开！"便与马荣擦腿而过，径自迎向持短矛的歹徒。高个歹徒横持短矛对着驼背咧开嘴阴险地笑着。马荣欲向前跳起护住小虾后背，却见持剑者们向他逼近，意将驼背留给他们的首领。马荣躲过迎头刺来的剑，但见

136

小虾舞动着铁球，歹徒毫无下手的机会（高罗佩　绘）

小虾伸出两手，挥舞着一对细链，链两头各系着一个鸡蛋大小的铁球。持短矛者向后退去，狂暴地想要用短矛挡住飞旋而来的铁球。马荣的四个对手转过身去，想助贼首一臂之力；但是小虾似乎前后左右同时长着眼睛，他挥舞着细链，一转身，一铁球砸中贼首左胸部。其他四名歹徒欲刺驼背，却找不到下手的机会。小虾以惊人的速度舞动着铁球，他那双小脚似乎没有着地的时候，灰白的头发在微风中飘动。只见他身前身后银光闪闪，铁球旋转狂舞，在他周身形成滴水不漏的屏障。

马荣退到后面，不出声地看着，心中暗想，这便是人们时常谈起的链战绝技。小虾用缠着皮带的前臂猛烈甩动着细链，用细链在手臂间的滑动来控制细链的长短。他左手一个短链，铁球击中第二个持剑者的手臂，然后射出右手铁球，一个长链，铁球以大锤之力砸破了第三名歹徒的面门。

还剩两个歹徒没有倒下。一个枉费心机地企图用剑挡住小虾左手的铁球，另一个转身要逃跑。马荣本想跃向后者，但是没那个必要了，因小虾用右手铁球砰的一声击中了那个歹徒的背脊，那贼顿时扑倒在地，口嘴啃泥。同时，左链缠住了最后那个歹徒的剑，细链像蛇一般往上缠住剑刀，小虾猛一拉，将那贼拉得近些，用另一只手收短细链，让铁球砸破其太阳穴。一场厮杀至此结束。

小虾熟练地用双手各接住一铁球，再将细链旋绕在前臂上，放下袖子遮住细链。马荣上前向小虾走去，忽然听得身后一低沉嗓音痛心地说道：

"你再绕一遍！"

是大蟹。他先是在原地躺着，现在坐了起来，靠着树身，不耐烦地反复说道：

"再绕一遍！"

小虾对大蟹翻脸并尖声叫道：

"我不干！"

"你一定得干！"大蟹严厉地说道，"我清清楚楚看见你的胳膊肘动了。这便毁了你最后一记短链。"他揉了揉"发胖"的胸脯，那足以打死任何人的一拳似乎未能伤害到他。他扶着树站起身来，往地上吐了口唾沫，继续说道："绕得太糟。必须是让它在空中旋转，用手腕转它。"

"转，转，转，已经都转歪了！"小虾发怒道。

"必须是空中旋转缠绕。"大蟹呆头呆脑道。他俯身细看舞棍棒者，喃喃道："可惜，我把他的喉管掐得太紧了。"他又向贼首，那个唯一的活口看去。那家伙正躺在那里喘气，手按着左侧正在渗血的胸部。"谁指派你来的？"大蟹问道。

"我们……李……说……"忽然一股血从他口中喷射而出，他身体痉挛般的抽搐着，然后便躺在那里一动也不动，断了气。

马荣验看了其他几个已死的歹徒，由衷夸道：

"小虾，好身手！你打哪儿学来这手？"

"我教的。"大蟹迅疾道，"十年方毕其功，每天训练不停。呵，快到家了，让我们喝上一杯，歇会儿。"

三人缓缓行路，小虾在后面，依旧绷着脸。马荣央求大蟹道：

"大蟹，也教我学两手吧？"

"小虾，能教我两手吗？"

"不行！像你我这样魁梧的人不行，我们往往会因铁球而分散了力量，那就错了。你只需使铁球运转，引导铁球，然后用它来打击敌人。从手段上说，那叫作悬空平衡，因为你是旋转中心，用身体转动着铁球。这只有体形轻瘦者才能够做到这点。无论如何，你可以在开阔地使用这般武艺，那里有足够的空间。我专习室内打斗，小虾专练户外打斗。你知道，我们是搭档。"大蟹指着棵高大紫杉后的一间破旧的，以有缝隙的木板搭成的小茅棚，漫不经心地说道："那便是凌姑的住处。"

他们没走几步，便到了河边，一排杨柳树的枝条随风飘动。在一排乡间竹篱笆后面，有一幢刷过白石灰的小屋。大蟹领马荣绕小屋转了一圈，来到一个养护甚好的爬满南瓜藤的园子，他让马荣在屋檐下的竹凳上坐下。从那里，人们可以清晰地看见柳树那边宽阔的水面。眺望周围平静的景色，马荣的目光落在一排高高的竹架上挂着的六个南瓜上，那南瓜离地的高度皆不相等。

他好奇地问道："那是什么？"

大蟹转身面对小虾，他正从屋后绕过来，大蟹对他高声喊道：

"三号！"

矮个驼背小虾的右手闪电般甩出，一阵铁链铿锵声响，铁球击碎了竹架上排列在第三位的南瓜。

大蟹吃力地站起，捡起半碎的南瓜，放在他的大手掌上。小虾急切地跨上一步，俩人默默地察看碎南瓜。大蟹摇摇头，将南瓜扔掉，以责备的口吻道：

"正如我担心的那样，又歪了！"

矮个小虾脸红了，怒道：

"难道说偏离正中一寸就算打歪了吗？"

"确实这个还不算糟，"大蟹承认道，"但是仍然是打歪了。你用的是肘部，一定要用腕部力量出手才行。"

小虾嗤之以鼻。他不经意地看着河水道："我儿子一时还不会回来。我去弄点喝的。"

他走进小屋，大蟹与马荣走回原处。马荣重又坐下，感叹道："原来两位兄弟用南瓜当靶子练！"

"你以为我们种南瓜还会派别的什么用场？每隔一天我就替他在不同位置挂上大小不一的六个南瓜。"他回首看小虾是否听得见他的话，然后，他在马荣耳边用粗哑的声音耳语道，"他很棒，非常棒！但是我如果当面这么讲，他就会放松练习，尤其是练短链的活。要知道，我该对他负责的。"

马荣点了点头。过了一会儿，他问道：

"他儿子是干什么的？"

"我所知道的并不多。"大蟹缓慢地说道，"我只知道他死了。小虾的儿子是个结实的小伙子，小虾为他而自豪，非常自豪。那是四年前，这小伙子与小虾的妻子一起出去捕鱼，不幸遇上暗流，结果两人都被淹死了。打那以后，每当有人当面提及他儿子，他便会哭泣不已。你不能够与这样的男人一起共事，难道不是吗？我觉得受不了，便道：'小虾，你儿子没有死，只是这些日子你不常见他罢了，多半是因为他下河捕鱼去了。'小虾接受了我的说法。注意，我一点也没有提到他妻子，那是因为我与小虾的看法有差距。不管怎么说，她有点尖嘴利舌。"大蟹长叹一声，用手搔抓着自己的脑袋，继续说道，"然后，我对小虾说道：'我们要求值夜班，这样当你儿子午后回来时，我们就有机会可以见到他。'小虾又接受了我的建议。"大蟹耸了耸他那宽阔的肩膀又说道，"当然，那孩子不会再回来了，但是，这可以给小虾一些盼头。我也可以不时与他谈起他儿子，而不让他哭哭啼啼的。"

小虾从屋里出来，手中捧着一个大酒坛和三个陶瓷杯。他把酒坛和杯子放在擦得锃亮的桌面上，然后坐下。三人为成功打败歹徒而干杯。马荣咂咂嘴，让大蟹再斟酒，接着问道：

"两位可认得今日这帮歹徒？"

"认得其中两个，他俩是河对岸的无赖。半个月前，他们企图拦截冯里正的信使，我与伙计们为信使护驾，杀死了三个歹徒。那次逃走的今日也被我们干了。"

马荣又问道："那歹徒临死前提到的姓李的家伙是谁？"

大蟹转向小虾问道："这乐苑里有几个姓李的？"

"两百来个。"

"你听见他说吗？"大蟹睁着两只水泡眼看着马荣，"有两百来个。"

马荣道："姓李的不会离我们太远。"

大蟹干巴巴地说，也不会离他们太远。然后，他对小虾道："这河的暮色风光真好看，可惜我们傍晚通常不在这里。"

小虾满足地称赞道："真是寂静无声！"

马荣站起身道："可是，不会总是那么宁静的！喏，劳驾两位照看一下那边的事，将那些个尸首给埋了。我必须回去找到大人，回复凌姑的住所。"

大蟹道："说起凌姑，今晨黎明前我们经过那里时，发现凌姑屋内有灯火。"

小虾补充道："凌姑眼睛看不见，有灯火意味着有客人在。"

马荣谢过大蟹和小虾的款待后告辞出来，趁着愈来愈浓的暮色向来路走去。他在凌姑茅棚前停了一下。里面没有灯火，屋里似乎是空的。他推开门，迅速扫视了一下半暗的陋室，室内空空如也，只有一张躺椅，更不见人影。

# 十六
▼

马荣回到红阁子，见狄公站在露台栏杆前，正看园丁点燃树间挂着的彩灯。马荣便将适才发生的一幕幕禀告给狄公，最后道：

"我已确切查到凌姑住处，但是她人不在屋里，所以我们不必急着去找她，至少现在不必。或许那来客带她出去了。"

"但是她重病缠身！"狄公惊讶道，"我不相信她有客人，我以为除了大蟹、小虾与银仙之外，没有人会知道她。"他焦虑地抻着胡须，"你确信那帮歹徒是冲着大蟹小虾，而不是冲着你来的？"

"当然是冲着他俩来的，大人！那帮歹徒如何知道我会去那里？他们分明是为半月前的一次抢劫中被大蟹打死的三个歹徒报

145

夙仇而设下埋伏的。他们并不认识小虾！"

"如果真是那样，那伙歹徒想必知道你那两位朋友有白天睡觉、夜间值班至黎明时分才回家的习惯。要不是你碰巧请他俩带你去找凌姑的茅棚，那伙歹徒一定会在那儿等上一整夜的。"

马荣耸耸肩。

"或许他俩对歹徒早有准备！"

狄公沉思片刻，凝视着露台对面的酒楼，那边似乎酒宴正酣。他转过身叹道：

"昨日我说为处理罗县令的公事只拟多待一日，这话确实过于轻率了！哦，马荣，今夜我这儿用不着你了。你最好现在就去用晚膳，自个儿消遣吧，明日早膳后你再过来见我。"

马荣走后，狄公便在露台里踱起方步，双手背在身后。他感到烦躁不安，一点也不想独自一人在屋里用晚膳。他进到屋里，换上素净蓝袍，头戴一顶小黑弁帽，就从正门离开了永乐客栈。

经过贾玉波所住的客店前门时，他停住脚步，心想，何不邀贾玉波一起用晚膳呢，也好详细听听温元整治冯岱的阴谋，以及李琏忽然放弃这一阴谋的缘由。李琏也许认为，逼迫玉环嫁给他更便于自己掌控冯岱的财富，且又可排除古董商温元瓜分冯岱财产的可能。

他走进小客店。掌柜的告知他，贾玉波已于午膳后离开了客店，尚未归来。掌柜的又懊丧地添了句："前些日子，我曾借一纹银给他。"

狄公离开客店，又生出些焦虑来，忽见一家餐馆，便走了进去。他用了晚膳，又到楼上露台去饮茶。他靠栏杆坐着，漫无目的地看着下面街上拥挤的人流。在街角，一群小伙子正在往祭坛上放置一碗碗食物。狄公掐指算来，明日七月三十是鬼魂节最末一日，届时那些个纸折冥器便要被焚化。在这最后一夜，阴曹地府的大门仍将继续敞开着。

他将身子往后靠在椅子上，烦恼地咬着嘴唇。他曾遇到过不少令人迷惑的问题，但至少后来都有足够的线索来推断辨析，找出可能的嫌疑人。可他对眼下这案情一点也摸不着头脑。三十年前杀死陶匡之凶手与今日令秋月猝死之恶徒无疑是同一人。这男人现在是否也要铲除凌姑呢？他焦虑地皱了皱眉。他无法摆脱凌姑失踪与马荣他们遭袭击之间有所关联的想法。他得到的唯一线索是，那不知名的凶手必定有五十开外年纪，而且至今仍然住在，或者靠近乐苑。甚至李琏之案亦未完全澄清，玉环对于她如何杀死李琏的故事讲得似乎非常直截了当，但是李琏与秋月的关系却仍是个谜。十分离奇的是，似乎没人知道他们在哪里幽会。他们之间的关系必定还有其他隐情，绝非仅仅调情而已。李琏真的打算赎回花魁娘子？但是他专心于玉环难道不是正好证明他决定赎出秋月并非出于一般恋情，而是别有用心？也许是秋月敲诈李琏？狄公郁郁不乐地摇了摇头。如今李琏和秋月都已死去，他再无可能揭开这个谜了。

忽然他生气地责备自己犯了一个大错。邻桌吃客纷纷好奇地回过头来看这位身材高大、留着胡须，似乎对自己很生气的员外；但是狄公并未察觉，他匆匆站起，付账，下楼而去。

他经过贾玉波所住客店店门时，沿着左面竹篱笆，走至一小门前。门微开着，侧柱上挂着一木板，上写"便门"。

他推开门，便见一条修整甚好的小径在树林间延伸着，树上茂密的树叶将街道的嘈杂声挡在园外。当他走出林子，来到一个大池塘边，看见池水竟平静如镜。一座精巧的红漆木曲桥横跨其上，当他走在吱吱嘎嘎作响的桥板上时，听见受惊吓的青蛙扑通扑通地跳入黑黑的池塘水里。

在池塘对面，一座陡斜的楼梯通向一个雅致的亭子，亭子下面是粗口木柱，亭子高约四尺半。亭仅一层，尖尖的屋顶上铺设的铜质瓦由于年代久远而生出斑斑绿锈。

狄公往上走，来至平台。他迅速看了一下结实的前门，又绕着亭子走了一圈。亭子呈八边形。他站在栏杆后面，俯瞰贾玉波所住客店的后花园和远处永乐客栈的花园——在园内灯光的映射下，模模糊糊可以看清通往红阁子露台的小径。他转过身，检视后门。黄铜挂锁被白纸封条封住了，封条上盖着冯岱签押的官印。后门没有前门那么结实，他用肩稍微一顶，门便被打开了。

他跨入漆黑的厅内，摸索着在边桌上找到一支蜡烛，用蜡烛边上搁着的打火盒点燃蜡烛。他在厅左面找到一间厢房，房内仅有一把竹躺椅和一张东倒西歪的竹桌，厢房后是间盥洗房和小厨房。这显然是丫鬟的住房。

他走出丫鬟住房，进到对面的大卧房里。他看见靠后墙有一张乌木雕花大床，上面挂着绣花绸帐，床前放着一张精致的青龙木雕花圆桌，桌内镶嵌珠贝，可供俩人饮茶和小吃。空气中弥漫着浓浓的香水味。

狄公走过大床，来到卧房一角的大梳妆台前。他随意瞧着白银圆镜和排列醒目的彩陶罐盒，那是秋月放香水脂粉唇膏用的。

他随后察看了三只抽屉的黄铜锁，秋月应该是在这儿收藏她的短笺信函的。

上面第一只抽屉没上锁。他拉开抽屉，除了散发难闻臭味的弄皱的绢帕和油腻的发夹外，别无所获。他急速将抽屉关上，继续去翻第二只抽屉。这只抽屉的锁只松松地搭着，里面尽是些名妓的盥洗用品。他砰地关上抽屉。第三只抽屉锁得好好的，但当他猛地去拉锁时，铰链处的木头便成了碎块。他满意地点点头。抽屉里塞满了信函、名片、用过和未用过的信封、票据以及信纸等，一些已经弄皱，一些被油腻指印和唇膏给玷污了，显然秋月不那么爱干净。狄公将这只抽屉整个拉出，抱至圆桌边，将抽屉内的东西悉数倒在圆桌上。他拉过一把椅子，慢慢地整理起信笺来。

他的预感或许完全错误，但他必须要验证一下。那日在白鹤楼的酒宴上，秋月随口提到李琏曾将一小瓶香水装在一信封里作为离别礼物送给她。她问他那是什么香水，但是他却答道：务必送达此信。秋月可能满脑子只想着香水，而忽略了李琏先前所说的话的意思，只记得他最后几个词，并把涉及那一小瓶香水的这几个词当成笑料来讲。但是李琏那话听上去像是要求而非回答。一封与那瓶香水一起塞入信封的信，是要传送给第三人的。

他将拆过的信与名片随意扔在地上。他在找一封未拆过的信。不多久，果然让他找到了这封信。他身子前倾，将信凑到蜡烛旁。这信封非常沉重，信封上没有地址，但却用工楷题词一阕，狄公念道：

正是无端遇卿，几度缠绵温馨。缘尽莫相逢，香水依旧随风。人去，人去，流年梦忆红唇。

狄公将官帽往上顶了一下，从发髻处拔出发簪，仔细将信封撕开。他从信封里抖出一个扁平的雕花翠玉瓶，瓶口用象牙塞子塞着，随即他又急切地抖出另一件东西。那是一个小信封，封口用封漆封着，并写有收信人地址，那是李琏的笔迹："前左相，大学士，父亲大人谨禀。"

他拆开信封，找到一页素笺。这是一封简单的书信，文笔优雅、简洁。

父台大人膝下：

不孝儿诚惶诚恐再拜。

大人精坚难折，勇忍无双，儿仰之弥高。然儿颓唐已久，何以承教，凡此种种，其待来世欤？所谓鸢飞戾天，终望峰息心。儿知会温某，余意抽身止步，嘱其相宜而为之。大人之命未克其功，不孝儿无以仰拜严慈，匆匆奉上，言不尽意。此笺儿交秋月转呈，此女雅丽绝色，足慰儿于弃世以先。

儿李琏绝笔　三叩于大人前

七月二十五

狄公坐下，仰身往后靠去，困惑地皱了皱眉。这信文笔简而涩，常人难以理解写信人的真实本意。

信中似说退休的李纬经、其儿子李琏与古董商温元曾一起卷入一桩阴谋，但是李琏至最后时刻发现他缺乏勇气和意志力去完成这桩阴谋，所以他无法按父亲指点的去做，而将自杀作为唯一解决的办法。这就意味着那阴谋比捏造罪名指控驱逐冯里正一事更为恶毒。天知道会是什么重大事件，或许涉及社稷危急之事！他必须再次审问那无赖古董商，如有必要则给予严惩，然后去拜访李琏之父。他想必……

屋里异常闷热，烛火冒出的烟散发着异味，他将额头上的汗珠拭去，回神镇定下来。他不必走得太远，只需试着重新排列事件顺序。李琏做出决定，将信封交给秋月后，根本没有自杀——因他在自戕前被他想强奸的玉环给杀死了。狄公一拳砸在桌上，真是一派胡言！一个决定结束生命的男子，会去强奸一个姑娘？他不相信这样的事可能发生！

但这信不可能是伪造的。贾玉波对马荣的陈述，证实李琏确实决定放弃原定之阴谋计划。而秋月未传递李琏托付与她的信也非常符合其个性——不管她与李琏的关系如何，李琏一死，秋月即转向下一个征服者：罗县令。她未拆信就将信封扔进抽屉里，全然不将此信放在心上，直到那夜酒宴，罗县令背信弃义才使她对死去的崇拜者生出些许后悔之意。一些事合乎常理，一些事又悖于常理。狄公两手伸进宽大的衣袖里，环抱于胸前，长久地皱着浓眉，凝视着历任花魁娘子与其所择情人幽会嬉戏的豪华卧榻。

他默默地又将涉及红阁子三起命案的人物过了一遍。他竭力回想冯岱与其女玉环说过的每一句话，又细细思量温元的部分供词，以及马荣收集的其他消息。除了李琏不可能在自杀之夜强奸玉环外，他死时的情形倒是已有了满意的解释。冯小姐意外杀死李琏后，其父伪造了自杀现场。李琏手上和脸上的抓痕便是冯小姐所为，只是他颈脖处的肿痕仍得不到解释。至于秋月之死，她身上的抓痕乃银仙试图避开她的恶毒抽搐时所为，但同样的，秋月颈脖的青肿紫痕仍然原因不明。他有种模糊的感觉，倘若他能将这两个不解之谜联系起来，应该就能解开红阁子之谜。

随后，他忽然想到一个可能的解释。他跳将起来，在地板上踱起方步。过了很久，他在大床前停住。不错，他已有了大致构想！每一件事都已找到各自的解释，包括未遂强奸以及手持凶器的歹徒袭击马荣的原因！红阁子的秘密说不出的令人生厌，甚至比他发现红地毯上秋月细白裸体的离奇之夜还要可怕！他忽然不寒而栗。

狄公离开花魁娘子的宅邸，径直回到永乐客栈。他站在柜台前将大红名刺递给客栈掌柜，命掌柜拿了他的名刺立即去冯里正府上，捎口信说狄大人欲速见冯岱父女。

狄公返回红阁子后，走出卧室至露台。他俯身于栏杆上，细细察看了一遍露台外的草木丛。

他又步入屋内，回至客厅，将双道门关闭并闩上门，又将窗户遮板悉数放下关严。等他在茶几边坐下时，才意识到门窗紧闭的屋内会异常闷热。但他绝不能再次冒险，他现在知道，他的对手是个孤注一掷且残忍的杀人凶手。

# 十七

▼

马荣在一家面馆饱食了一顿，又饮了两大壶烈酒。他哼着欢快小调，走出面馆，转入青楼房舍外的大街。他的情绪格外的好。

马荣在二排四号敲了敲门，开门虔婆愠怒地看了他一眼，问道：

"你要找哪一个？"

"我要找银仙。"

虔婆将他引到楼梯间，焦急地说道：

"但愿她没给我们带来什么麻烦。今日午后账房通知我，她已被人赎出，可是当我告知她这个好消息时，她似乎很害怕，根本不快乐！"

"你等在这里，直到见我们离开为止！你不必上楼，我知道她的房间在哪儿。"

他登上狭窄的楼梯，找到标有银仙名字的房间敲了门。

他听见银仙喊道："我病了，不见任何人！"

马荣透过门叫道："连我也不见？"

门突然打开了，银仙将马荣拉入房内。

"你来我太高兴了！"她笑着，脸上挂着泪珠，急切地说道，"发生了可怕的事！你必须帮我们，马荣！"

"我们？"他惊讶地问道，这时他才注意到贾玉波盘腿坐在床上，他看上去与往日一样垂头丧气。马荣惊得发呆，接过银仙推给他的凳子。银仙在床上紧挨着贾玉波坐下，激动地说道：

"贾公子想要娶我，但他把钱都输光了，那冯小姐又逼他甚紧！他总是这样运气不佳，可怜的人儿！"她深情地看了贾玉波一眼，"但是今日午后一个傻瓜蛋竟然为我赎了身！我俩一直期望能够找到一条出路，看来这一切都结束了！你是衙门中人，不是吗？难道你不能跟县令大人说说情，让他帮点忙？"

马荣把帽子往上一推，慢慢抓挠着脑袋，半信半疑地看了贾玉波一眼，问他道：

"适才有关婚娶的话究竟是怎么一回事？难道你不想赴京考试做官了？"

"但愿此事未曾发生！那是我一时情绪低落、心血来潮的打算，非我本意。我的理想是在乡下拥有一间小屋和红颜知己，还能够写写诗。我没有做官的命，你说是不是？"

"没错！"马荣对此深信不疑。

"这正是我从狄大人的话里悟到的！你听着，我要是有钱，早就替她赎身，找个小地方住下了。即便是每日粗茶淡饭，时有小杯薄酒酣饮，能果腹也就心满意足了。我做教书匠的话，这点钱总是能赚到的。"

"你做教书匠！"马荣惊讶地耸耸肩。

银仙自豪地说道："他做塾师真是太棒了！他曾将一首很难的诗细细讲解给我听，真是耐心之极。"

马荣面对这一对男女露出沉思的神情。

"那，"他慢语道，"假如现在我能够为你们做点事的话，贾玉波，你是否承诺带银仙回到她家乡的村子，与她白头到老呢？"

"当然！但是你这是什么意思，老兄？就在今日午后你还劝我娶冯小姐，然后……"

"哈！"马荣急急地叫道，"我那是要考验考验你，小子！我们这些当差的是重感情的人，我告诉你！我们公差比你们总想得要周到一点。我一直在了解你和这女孩，不妨这么说——也在考验她。现在我感到很快意，因为她与我是同乡，还因为她喜欢你，今日午后我决定为你将她赎出身来。"他从袖中抽出文契给银仙，然后又将包着纹银的红包扔给贾玉波，"这是一路的盘缠和做教书匠的本钱。不要说不，你这傻瓜，钱花掉还可以再挣！祝两位好运！"

他站起身，迅疾离去。

当他下到厅里时，银仙追了出来。

"马荣！"她气喘吁吁道，"你真好！我能喊你哥哥吗？"

"一直都是！"他愉快地答道。接着他又皱了皱眉，说：

“顺便说一句，我们大人有事找贾玉波。我以为没什么严重的事，但是不到明日正午不要离开乐苑。如果那以前我不找你们，你们就可以起程上路了。”

马荣打开门，银仙紧走几步靠近他说道：

“适才你进来时，我有一点担心，哥哥。因为当你……在王寡妇家考验我时，我曾一度以为你喜欢上我了，你可知道！”

马荣一阵狂笑。

“休要想得那么多，小妹妹！事实是，我做事就非要做好不可，因而使用一点花招而已！”

“你这淘气鬼！”银仙噘着嘴说道。

马荣没再多言，关上门后迅速离开了。

在街上闲逛着，马荣惊奇地发现，自己真的不知道是高兴还是悲伤。他抖了抖衣袖，感觉袖子很轻，手伸入袖中，只找到几个铜板，还不够在乐苑消遣的。他想在园林里好好散散步，但又觉得脑袋好沉，心想最好还是早点上床睡觉。他抬眼见有一家小客栈便走了进去，几个铜板用作一夜住宿开销。

他脱下靴子，松了腰带，仰天伸手伸脚地躺在木板铺上——夹在两个流浪汉之间。不一会儿，他又将两手垫在头下，双眼朝上望着布满裂缝和蜘蛛网的天花板。

他想到，自己在快乐的乐苑度过的两夜的确有些个不三不四。第一夜睡在阁楼的地板上，第二夜睡在木板铺上。他喃喃道：“一定是那该死的易魂桥做的鬼！”然后他毅然闭上双眼，对自己严厉地说道：

“睡吧……老兄！”

# 十八
▼

识破绽　狄公深夜审冯岱

忆当年　冯岱移尸为清白

狄公饮过几杯茶后，一老仆役进来通报，冯里正的轿子已到前院。狄公站起身，出走廊迎接冯岱和玉环。

"深夜打扰你们父女，本县深表歉意！"他语调轻快道，"又有一些新的情况引起我的注意。我们此番议论，定当廓清疑窦，解析悬难。"

他将父女俩引到客厅，一再请玉环于桌边坐下。与往常一样，冯岱一脸令人费解的表情，但他女儿的一双大眼则露出焦虑神色。狄公亲自为父女俩沏茶，然后问冯岱道：

"冯公想来已经知道，今日午后，你手下两名民丁被一帮歹徒截击。"

"在下已闻报告。是河对岸那伙山贼干的。他们是来复仇的，我手下民丁在最近一次狙击中杀死了那帮家伙中的三个。大人的手下马荣也遭遇了截击，在下甚感惭愧。"

"他并不介意，他已习惯这种打斗场面，甚至可以说喜欢上了搏斗。"狄公转向玉环问道，"为了将事情经过理一遍，你能否告诉我，那夜你是如何进入这红阁子的？"

她迅速地瞧了一眼通往露台之门，那门关得甚严。

她站起身道："我走给您看。"

当她朝露台门走去时，狄公起身拉住她的臂膀道：

"别费心了！既然你是穿过花园而来，想必你是从中间那阔台阶走上这露台的？"

"正是。"她见父亲忽然面无人色，赶紧咬住嘴唇。

"正如我所料！"狄公严厉地说道，"停止这出闹剧吧。你根本从未进来过这红阁子，因为露台台阶只在左右两端。今日午后，当我盘问你父亲时，你从我关于李琏想要得到你的开场白中得到暗示，而你父亲又在李琏死去之夜被人看见在这红阁子附近。你很聪明，又机智，当场编造说李琏企图在此红阁子奸淫你，而你失手杀了他，你以为这样可以救你的父亲。"见玉环满脸涨红差点要哭出来，狄公改用较为柔和的嗓音继续说道，"自然，你的故事中有一部分是真实的。李琏确实想要强奸你，但那不是在三日前，也不是在这红阁子客厅，而是发生在十日前的船上。你执意显示的那些青肿伤痕已经褪去不少，三日前的伤不该是那样的。另外，你所言挣扎杀死李琏的情节也无法令人信服。倘若一健壮男子见他所攻击的姑娘手持匕首，他自然会从她手中竭力夺取凶器，绝不会继续去拥抱手持匕首的姑娘而待毙。你还忘了一点，即李琏割破的是右侧脖颈，那说明是自杀，而不是他杀。但是我得说，除了以上疏忽外，你编派了一个完整的故事！"

玉环呜咽起来。冯岱担心地看了她一眼，接着以疲倦的嗓音道：

"大人，这都是我的错，她只是想要帮我罢了。当您似乎相信她编造的故事时，我没有勇气对您说实话。我没有杀那倒霉的李琏，但是我意识到我会因被控谋杀而受审，因为那夜我确实到过这红阁子。我……"

狄公打断道："不，你不会因谋杀李琏而受审。本县有李琏确为自杀的证据，你移动了尸身则更可证实他自杀的事实。至于那夜，你来这红阁子是为了要他对与温元一起密谋暗算你的事做出解释，本县猜测可对？"

"正是，大人。我的人报告我说，温元欲将内藏一笔巨款的箱子偷偷藏匿于舍下，然后由李琏至省府告我私吞税款。一旦我否认，他们就可以在我家查到钱箱。因此，依我看来……"

狄公怒道："你为何不将这密谋即刻禀告于我？"

冯岱露出尴尬神色，犹豫片刻，他答道：

"我们乐苑内的人往往抱成一团，大人。我们习惯于自己解决纠纷，从不让外人来调解我们地方上的争吵。这也许不对，但是我们……"

"当然错了！"狄公生气地打断道，"说下去！"

"当我的人将温元想要陷害我的阴谋告知我时，大人，我决定去见李琏。我想要坦率地问他为何要参与这针对我的肮脏的密谋。我很了解他的父亲，他可是个杰出人物。同时我也要责问他为何在船上对我女儿非礼。然而，在到这红阁子的路上，我在花园遇见了温元。真奇怪，不知怎的，这次相遇使我想起三十年前。那天我来此见陶匡时，也是在这花园遇见他的。我告诉温元，我已知道他那奸诈阴谋，并说我正要去见李琏问清这事。温元一再道歉，承认曾与李琏商量打算将我从官职上赶下台一事。由于李琏需款孔急，起初同意和温元一起干这事，但是由于某些原因，他改了主意，遂告诉温元中断计划。温元恳求我去找李琏，跟他谈谈，以证明他没撒谎。

"当我走进这间屋子时，我便明了先前模糊的预感是对的。李琏坐在这儿，倒在椅子上，已经死了。难道温元知道这一切，存心要我身陷死尸现场，然后告我谋杀之罪？三十年前，我也曾怀疑温元居心巨测，即让人控告我谋杀陶匡。接着我想起昔日那次谋杀是如何被伪装成自杀的，遂决定如法炮制。以后的事便与今日午后我告知大人的那样，在下不敢撒谎。当李琏被判断因为单相思而自杀时，我才把这一切告知女儿。那使她决意要掩饰我移动尸身伪造现场的过错。"他清了清喉咙，愁眉不展地继续说道，"大人，我一生中从未如此羞愧，那是因为大人错误解释李琏临死前的涂鸦时，我明知您错了但还是附和着说。我真的……"

狄公平静地说道："本县不介意被人欺骗，这种事时有发生，余早已习以为常。幸好本县往往能在骗局得逞前识破它。不过，虽然李琏临死前画的三个圆圈确实是指秋月，但他并没有因为她而自杀。"狄公身子仰靠在椅子上，用手捋着黑黑的长胡子，继续慢慢道来，"李琏才华横溢，待人冷漠，精于算计，却因成功来得过早，以至于冲昏了头。他中举之后，又想快点做大官，如此，他需要许多银钱。可是由于他的家产收成不好，以及不顾一切地投机冒险而使家道逐渐衰败，其时已一无所有，才进而与你的旧敌温元一起图谋窥伺乐苑的横财。十日之前，自负傲慢的李琏来到这里就是为了执行那桩计划。那夜在船上，当他遭到你女儿的当面拒绝时，他那愚蠢的傲气受到了伤害，顿时企图强奸她。当温元来岸边迎接他时，他仍为那而恼怒，他命令温元帮助他得到你女儿，并提醒他：你很快会被指控侵吞官税，会因此被捕并被押往京城。温元壮起胆来提议如何逼迫你女儿乖乖就范——那卑鄙的温元以为这正是给你个人打击的良机。"

狄公呷了一口茶，继续说道：

"但是，李琏来到这乐苑后，每日寻欢作乐，沉溺于牡丹等几个艳妓，竟将你女儿忘得一干二净。但他并没忘记害你的计谋。他在赌桌上遇见一位年轻小伙子，且认为他也许可以利用这小伙子将钱箱藏入你屋里。

"但是，在七月二十五，他死那日，李琏有了或认为有了一个发现，而使他一下子改变了主意。他与三名与之厮混的妓女结清了账，又将其酒肉朋友遣回京城去，因为他决意了断自己的一生。是夜，打算自杀前，他又至花魁娘子宅邸，求见最后一面。

"现在他俩都已死了，我们也无法知晓他俩的确切关系。可是，据我所闻，李琏邀请秋月参加他的聚会，仅仅只是为借她的面子，而从不曾花费时间和精力，也并不想在她身上花银两。也许正是由于这个原因，花魁娘子才成为他将要放弃的世间快乐的象征。李琏沉浸在怀旧的情绪中，托秋月捎一封信给他的父亲，但她却忘了传递。秋月并没有把他当恋人，也许是因为她本能地告诉自己他和她一样冷漠，极其自私。而李琏自然也从未提起过要为她赎身。"

"真的从未想过要赎她出来？那岂不是很荒唐，大人！"冯岱惊叫道，"秋月自己这么说的！"

"秋月的确说过，可那是谎言。当她听说他自杀，并留下几笔与她有关的涂鸦时，便认为那是进一步提高她在花柳世界名声的绝好时机，于是便大胆声称她拒绝了这年轻才子的追求。"

"她犯了这一行的大忌！"冯岱极为生气地说道，"她的名字应该从花魁娘子的名单上除去！"

"她的确做得不妥，"狄公冷静地说道，"可这些都是你们的客人促使她这么做的。不必苛求她，因她最终是因惊恐而丧命的。"

狄公迅速朝紧闭的露台门看了一眼。他用手摸了一下脸，目光定格于父女俩，继续说道：

"冯岱，你伪造自杀现场，而你，玉环，告知本县一连串的谎言，然而，庆幸的是，你们父女俩并非在公堂上撒谎，没有记下证词，也没有捺下指印。我也没有忘记，当你向本县发誓你告知我的全是事实时，你强调说这发誓仅限于三十年前发生的事。那么，依本朝律令，公正的最终目的是尽可能弥补由于犯罪所造成的损失。而企图强奸是重罪，因此，我会忘了你和你女儿犯的错，而记住李琏自杀一事，包括被指控的单相思动机。没有道理去毁损已在这里死去的花魁娘子的名声，所以你不要再提及她的欺骗行为，也不要将她从花魁娘子名单中一笔勾销。

"至于古董商温元，蓄意策划阴谋，定当论罪。可是他的方法如此无效，以至于所有的计划最终都竹篮打水一场空。他虽然非常卑鄙，可是也许从未真正犯过罪，因为他没有勇气付诸行动。本县可以采取适当措施，从而阻止温元再施诡计反对你，并防范他虐待那些无依无靠、手无缚鸡之力的姑娘。

"有人在红阁子犯下两起死罪。鉴于你和你女儿以及温元与谋杀案无关，本县不在此讨论那黑暗行径。这就是今日我要对你说的。"

冯岱起身，跪在狄公面前，他女儿玉环也跟着跪在一边，感谢狄公的宽宏大量，但是狄公不耐烦地打断了他们。他让他们起来，并道：

"本县并不喜欢乐苑，也不喜欢乐苑所发生的一切。可是本县意识到，如此风气在某种程度上必然会带来邪恶，而一个好的里正，比如你，至少可以控制住邪恶。好了，你们可以走了。"

冯岱告辞时，有点踌躇，问道：

"我冒昧问一句，大人，适才您提到红阁子里的两起死罪系当何指？"

狄公思考片刻，然后答道：

"不算冒昧，毕竟，你是这里的里正，有权知道。只是目前时机尚未成熟，本县的推测还未获得证实。一旦本县的推测得到证实，我会让你知道的。"

冯岱和玉环父女躬身施礼而去。

# 十九

▼

翌日，马荣一早便赶来听命，而狄公仍在露台用早膳。寂静的园子里飘着一层薄雾，林间低垂着潮湿而柔软的彩绸。

狄公将他与冯岱和玉环父女的一席话简要告知马荣。他最后道："现在我们去找凌姑，让掌柜为我们备两匹好马。倘若凌姑没有回到她的茅棚，我们就得走很长一段路，才能抵达乐苑北端。"

马荣回来时，狄公刚放下筷子。他站起身进屋，让马荣取来他褐色的袍子。帮狄公换衣服时，马荣问道：

"大人，我想贾玉波不会卷入这一奇怪的杀人案吧？"

"不会。为什么这么问？"

"昨夜我碰巧听到他打算与他喜欢的女孩一起离开乐苑。我断定他与玉环的婚约是被迫的。"

"让他们走，我不需要他们。马荣，我想我们今日也可以离开这里了。我相信，这几日你在这乐苑也玩够了吧？"

"确实如此！但是这乐苑的消费真是昂贵！"

"我不怀疑这点，"狄公将黑色腰带缠在腰里，"可你有二两银子，二两银子总足够了。"

"实话告诉您，大人，这点钱不够！我过得很快活，可是我所有的钱都花光了。"

"哦，但愿这钱花得值得！可你还留着本钱，你叔父留给你的那两锭金子。"

马荣道："大人，那两锭金子也扔进去了。"

"你说什么？那两个金锭不是你叔父留给你养老用的吗？真是难以置信！"

马荣丧气地点点头。

"大人，我发现这里有太多太多迷人的姑娘，但也太贵了。"

狄公愤愤道："你太没出息了！仅仅为了酒和女人，就挥霍了整整两锭金子！"他正了正黑色官帽，然后长叹一声，无可奈何道，"马荣，你怎么学也学不会精打细算。"

他俩默默走至前院，骑上马背。

马荣骑马走在前面，引狄公穿过后街，跨过一片荒地。在林间小径入口，他勒住马，说道，他和他的两个朋友就是在那里遭遇袭击的。他问道：

"大人，冯岱知道这袭击是冲着谁来的吗？"

"他以为他知道，但是他并不知晓。我知道那是冲着我来的。"

马荣欲问其意，可是狄公已经策马向前驰去。一株高大的紫杉进入了视野，马荣用手指了指树后的茅棚。狄公点头，下马将缰绳交给马荣，道：

"你在此等我。"

他独自一人踩着湿漉的草皮继续往前走去。午前的日光尚未照进浓密树叶遮蔽的屋顶，遮阴处颇感湿冷，空气中散发着腐叶难闻的气味。从茅棚脏污的油纸窗户中透出一缕微弱烛光。

狄公走近摇摇欲坠的屋门，侧耳细听，听见一个十分悦耳的声音正低声吟唱着一支旧曲。他想起这支曲子在他小时候非常流行。他用力推开门，走进屋内，但还未站稳，门便在后面关上了，生锈的铰链也发出声响。

屋内一盏陶瓷油灯忽闪着，照着没有生气的屋子，凌姑盘腿坐在竹榻上，手臂搂住麻风乞丐那叫人恶心的头颅轻摇着——他正仰天平躺在竹榻上，消瘦的上身披着一件脏兮兮的破衫，四肢裸露处尽是脓疮，一只独眼在油灯下显得有点迟钝。

她抬起头，瞎眼转向狄公。

"是何人？"她的声音悦耳动听。

"是我，浦阳县令。"

麻风乞丐的青灰嘴唇歪咧了一下，透出一丝冷笑。狄公盯着独眼乞丐道：

"你便是李纬经大人，李琏的父亲。而她是三十年前被人误认为已死的妓女翠玉。"

瞎眼凌姑自豪地说道："我们是一对恋人。"

狄公继续对麻风乞丐道："你来到乐苑，是因为听说花魁娘子秋月迫你儿子死去，而想报仇雪恨吧。你错了，你儿子是自杀的，因为他发现了脖颈上的肿块，以为自己也得了此种怪病。对或错，我不能断定，因我未能检查他的尸体。他缺乏你的勇气，无法面对麻风病人悲惨的结局。但是秋月并不知情，她出于虚荣才说出李琏因为她而自杀。那日你躲在红阁子露台前的灌木丛里，亲耳听见秋月口吐狂言。你偷听了我与秋月的谈话。"

他停住声，只听见麻风乞丐费劲地喘息着。

"你儿子信任秋月，遂将一封给你的书信托付给她，信中解释了他之所以自杀的原因。但是秋月将此事忘得一干二净，甚至未拆信封。在你杀死秋月之后，我才找到了这封信。"

他从袖中取出信，高声宣读起来。

凌姑温柔地说道："我的心肝，我心里曾经想为你生个儿子。可是我病愈后，小产了一次。要不然，我们的儿子一定是又英俊，又勇敢，就像你一样！"

狄公将信扔在竹榻上。

"你到乐苑后，一直在暗中监视秋月的举动。夜深时，你见她去了红阁子，便尾随其后。你站在露台上，透过装有铁栅的窗户，见她全身裸露躺在床上。你躲到窗边，紧靠着墙，呼喊她的名字。她走近窗户，也许是为了看清谁在叫她，而把脸紧贴在窗户的铁栅上。你忽然上前，将双手伸进铁栅，抓住她的脖颈，欲掐死她。但是你那双畸形的手未能夹住她，让她得以挣脱。当她欲奔向房门喊救命时，突然心病猝发，瘫倒在地。是你杀了她，李纬经大人。"

凌姑血红愤怒的眼睑不时翻动着，她俯身对那张畸形的脸耳语道：

"心肝儿，别听他的！安静，你身子不好。"

狄公移开目光，看着坑洼不平的潮湿地面继续说道：

"李纬经大人，你儿子在信中曾提及你那坚韧无双的勇气。你病得很厉害，钱也渐渐花光了；但是你仍然拥有你儿子，你可以把他培养成伟人的。乐苑，藏金之屋，正好与你的地盘衔接。你先是派人抢劫冯岱的运银车队，可是冯岱防范严密，未能成功。于是，你想出更妙的一招。你告诉你儿子，古董商温元嫉恨冯岱，欲取代其地位。你命令你儿子与温元取得联系，并与他一起实施倒冯的阴谋。这样如果温元得以出任乐苑里正，你便能通过温元获取乐苑的钱财。你儿子的死让这一切计划化为泡影。

"李纬经大人，我俩素未谋面，不过你我都知晓对方，你很害怕本县找到你。你杀了秋月后，又返回红阁子，站在露台上透过窗栅窥视本县动静。本县闻着你身上的恶臭，连连做着噩梦。你并未有所动作，因为本县躺身之处离窗户太远，而且还闩了门。"

狄公抬眼望望麻风乞丐丑陋而扭曲变形的脸。屋内恶臭愈发浓烈，狄公将领饰拉起遮住嘴鼻道：

"杀死秋月后，你曾企图离开乐苑，却被船工拒绝。本县料想你就在河边林中寻找藏身之处，并在那里偶遇三十年未见的情妇翠玉。本县断定，你是经由声音认出她的。她警告你，本县正在调查陶匠之死。李纬经大人，是什么使你过着这悲惨的生活？你是否决定不惜代价保全你的名声？或者你是出于对三十年前你所爱又以为已死的女人的一片痴情？或者只是出于永远做赢家的邪恶欲望？本县不明白，一种不治之症何以会影响一颗伟大的头颅。"狄公不见回话，便继续说道，"昨日午后，你第三次暗中监视本县——倘若本县闻到你身上发出的臭味，本县就应该料道。你听见本县告知随从我要去访凌姑，你便雇人埋伏在树林里，欲将本县杀死。可你未曾料到，本县进入客厅后，改变了计划。因此你的人袭击了本县随从和里正手下的两名民丁，结果是全军覆没。

"看了你儿子的书信后，本县才恍然大悟。本县明白你过去是何等人，李纬经大人。冯岱曾经描述过你三十年前的神气十足，而翠玉对本县再次描述你时，说你放荡不羁又粗犷豪爽，是个愿为所爱女子不惜财富、地位，甚至一切的男子。"

"心肝，那是你！"凌姑温柔地说道，"那就是你，我英俊、不顾一切爱我的情人！"她亲吻着他的脸。

狄公旁移目光，用疲倦的声音说道：

"李纬经大人，身患不治之症者可以免去刑律。本县只是宣明你在红阁子杀死秋月，正如你三十年前在那里杀死陶匡一样。"

"三十年了！"凌姑银铃般的嗓音响起，"时过三十年后我俩又聚在一起！那三十年似乎从未发生过，心肝儿，如噩梦一般。仿佛就在昨日，我俩相会在红阁子……红色就像我俩的激情，燃烧着粗犷的爱。没人知晓我俩会在这里幽会。那时，你是年轻英俊、才华横溢的贵人，疯狂地爱着我——花魁娘子，乐苑第一美人！冯岱、陶匡，以及众多追求者，对我穷追不舍。我一味纵容他们，假装无法选择，全是为了保守我俩的秘密，我俩甜蜜的秘密。

"一直到最后的那个傍晚……那是何时？不正是昨夜吗？我正在你的怀里发抖，忽然听见有人进到客厅。你从床上跳起，全身赤裸地奔至客厅。我跟着你，见你站在那里，鲜红的晚霞染红了你的身躯。陶匡见我俩紧紧站在一起蔑视着他，他脸色发白，生气至极。他手持匕首，对我破口大骂。我哭喊着要杀死他！你便向他扑去，夺过他手中的匕首，插入他的脖颈，鲜血染红了你宽阔的胸膛。我从未像当时那样爱你……"

狂喜之情使得这张被毁容又瞎了眼的脸有一种异样的美。狄公转过头去，他听见银铃般的嗓音继续说道：

"我说道：'我们快穿衣服逃吧！'我俩走回红阁子卧房，却忽然听见又有人走进客厅。你过去见到那傻男孩，那孩子马上又奔了出去。你说那男孩也许会认出你来，最好将死尸移入红阁子。你又把匕首塞入他手中，将门锁上，又将钥匙从门缝底下塞进去……过后，人们自然会说陶匡是自杀的。

"我俩在露台分手，伙计们正在点燃园中小凉亭内的装饰油灯。你说你将离开一阵子，直至这自杀案结案，你再回来看我。"

她一阵剧烈咳嗽，全身骨骼就像散了架似的，满嘴溢着白沫和鲜血。她仔细将嘴拭净，继续说着，声音忽然微弱嘶哑起来：

"他们问我陶匡是否爱上了我。我说是，他爱上了我，这是真的。他们问我陶匡是否因为我拒绝他而死。我说是，他因我而死，这又是对的。当时正逢时疫蔓延……我得了病，天花染至我的脸、我的手……还有眼睛。我就要死了，我想死，宁死不愿让你再见到我，因为我已病入膏肓……至官府焚街，我被其他生病的姐妹沿街拖着，过了桥，最后逃至树林里。

"我没有死，我活了下来，尽管我曾经多么想死！我拿了凌姑的身份牌，她的艺名叫碧玉。她死在田沟里，就在我身边。我爬了回来，而你以为我已死去，因为我要你这么想。听人说你是如何了不起，如何功成名就时，我是多么高兴！这是我活下来的唯一希望。而现在，你又回到我怀中！"

忽然声音断了。狄公抬眼见凌姑用瘦削细长的手指摸着膝盖上僵硬的头颅——那只独眼闭上了，胸部的烂衫再也未见起伏。

她将那丑陋的头颅抱在怀里哭喊道：

"老天开恩，你回来了！你回来才能死在我的怀里……我跟你一起去。"

她紧紧抱着死去的李纬经，低声说着甜言蜜语。

狄公转过身，走出屋外。在他身后，门吱嘎作响地关闭了。

# 二十
▼

狄大人　红阁之谜终破解
罗县令　风尘仆仆为娇娘

狄公走出茅棚，复与马荣会合。马荣关切地问道：

"咋的进去这半日。凌姑说了些什么，大人？"

狄公拭去额头上的汗珠，骑上马摇摇头。他喃喃道：

"没人在屋里。"他深吸一口早晨的清新空气，补充道，"我将这茅屋仔细搜查了一遍，仍未发现一样有用的东西。我曾经有一个推测，却证明是错的。我们骑马回客栈吧。"

他们穿越那片荒地时，马荣忽然用马鞭往前一指，大声道：

"大人，瞧那边的烟雾！人们开始焚烧祭坛和纸折冥器，鬼节结束了！"

狄公凝视着那边屋顶上空升腾而起的袅袅黑烟，说道：

"说得对，阴曹地府的大门终于关闭了。"他想，该跟过去的鬼告别了。三十年来，红阁子之夜的阴影一直挥之不去，使阳间的生命暗淡了许多。而现在，经过漫长的三十年，这些阴影最终溜进那阴湿、气味难闻的茅屋。现在，这阴影与那死去的麻风乞丐和将要死去的翠玉在日光下抖缩着。不久他们将一起消失，永远消失，不再回来。

他俩回到永乐客栈，狄公要掌柜结账，并命马夫喂好马，然后他与马荣继续朝红阁子卧房走去。

趁马荣整理马鞍袋之际，狄公坐下来将昨夜写就的李琏自杀案情呈文重新阅过一遍，然后写下秋月猝死的结论。他写道：秋月因饮酒过度，心病猝发而死。

随后他给冯岱写了一封短笺，告诉他已找到杀死陶匡和秋月的凶手，凶手是同一个人，可是已经死去，这些事就任其自然了结吧。最后，他写道："本县令闻报，李纬经大人麻风恶疾扩散，毒火攻心，曾出没于此地，现殁于凌姑茅棚，而凌姑亦命在旦夕。本县令命你，一俟其命归阴，即焚其茅棚及两具尸身，以防疾病蔓延。通报李纬经家眷。凌姑眷属未详。"他在信上签章，又阅过一遍，随即又提笔附言道："本县令又闻贾玉波已偕一爱妓离开乐苑。令爱当另觅佳婿以慰尔心，请代达本县令对其之祝福。"

他又铺开一张纸，给陶番德写了一封信，告知其父之死因已经查明，凶手生前曾长期陷于痛苦。他又写道："如此，老天不应罚汝，冯陶两家结缘再无障碍，理当有情人终成眷属。本县令亲笔。"

他将两封信封了口，又注明"私函"字样。然后他将正式案

174

情呈文与一并证物卷起，置于袖中。他自座椅起身，对马荣道：

"我们须绕道金华，将这案情呈文亲交罗县令。"

马荣拎着马鞍袋，他们一起走出客厅。

狄公与客栈掌柜结了账，并交与他给冯岱和陶番德的书信，吩咐他立即分别传送。

两人至前院刚要上马，忽然听得院外大街上锣鼓声响以及高声叫喊："回避！回避！"

十多个轿夫抬着一顶大官轿进来，后面跟着一队差役，高举着题有罗县令官衔的大红旗帜。为首的差役躬身拉开两边轿帘，正是罗县令，身着华丽官袍，头戴官帽，手持折扇，下轿而来。

见狄公牵马站着，罗县令即晃动身躯跑上前，喟叹道：

"年兄，真是件可怕的事！乐苑花魁娘子神秘之死，整个州府都在议论！我听到这惊人的消息，不顾炎热，匆匆赶来！自然，真没想到给你添来这许多麻烦！"

狄公平静言道："的确，秋月之死必定会使你受惊。"

罗县令嗔怪地瞪了他一眼，愠怒道：

"狄兄，我永远对美女感兴趣，永远！那可怜的女孩究竟发生了什么事？"

狄公将卷宗交与他。

"都在里面，罗兄。我原计划绕道金华当面呈交，现在允我此时此刻将卷宗交与你。我急着要回家。"

"当然！"罗县令合上折扇，得意地将折扇插入后领，然后急忙展开卷宗。阅完第一份呈文，他点头道："我知道你证实了我当日李琏自杀的判断。这类案子司空见惯，我早就告知过你。”

他继续阅过秋月之死的呈文。确定与秋月有关的文字没有提
到他时，他卷起卷宗，露出满意的笑容，点头表示赞许：

“狄兄干得真出色！呈文也写得好。这呈文我可一字不改报
与刺史大人。狄兄，要我说的话，行文似乎有点凝重，我写的
话，会写得轻快点，便于阅读。要知道，现时京城官员喜欢骈
体。他们说可以放点诙谐进去，但不能过分，得中庸的那种。自
然，我不会忘了提到你给予的有价值的帮助。”他将卷宗置于袖
中，语调轻快地说道，“那，是谁造成秋月死亡的呢？想必你一
定将他关在里正衙内？”

狄公心平气和道：“你念完我的呈文后，就会明白秋月死于
心病。”

“但是人人都说你拒绝证实仵作的结论，他们称之为红阁
子谜案。年兄聪慧之至，该不会说我得继续调查这红阁子之谜
吧？”

“确实有点神秘，但我说意外死亡已有足够的证据。你放
心，刺史大人一定会认为这个案子可以结案。”

罗县令毫不掩饰地松了口气。

狄公继续说道：“还有一件事要做。在我的呈文中，你可以
找到温元的供述。他在公堂上做伪证，又百般虐待妓女，原是该
罚鞭打，但是那可能将他打死。我提议你让他套上枷锁站一日，
贴一布告，告示人们他是缓刑，一旦有人再告他劣迹的话，他就
该数罪并罚，决不可轻饶。”

“我很乐意去做！这恶棍有一些很好的瓷器，但是他开价甚

高，我想他应该把价格降低一点。狄兄，我深感抱歉，很遗憾你急着要走。我也许要在这里再待上一点时间……啊……研究一下案子的结果。你是否已经见过昨日新来的舞女？没有？他们说她绝对漂亮，而且技艺高超，嗓子也迷人，身材……"他露出微笑，捻弄着小胡子，优雅地翘起小指。忽然他朝狄公扫了一眼，眉毛往上一扬，傲慢地说道："尽管我很失望，你未能彻底弄清红阁子之谜。狄兄，大家总以为你是整个州府中公认的最聪明的县令，在凶案的解疑排难上不费吹灰之力，你可是声名远播哩！"

狄公惨淡地笑道："名不符实！我要走了，回浦阳去。下次到浦阳一定要来见我。后会有期！"